U0585041

踏着月光的行板

迟子建

作家出版社

目录

踏着月光的行板

　　林秀珊每次来到火车站，都有置身牲口棚的感觉。火车的汽笛声在她听来就像形形色色牲口的叫声。有的像牛叫，有的像驴叫，还有的像饿极了的猪的叫声。所以那一列列的火车，在她眼里也都是牲口的模样。疾驰的特快列车像脱缰的野马，不紧不慢的直快列车像灵巧的羊在野地中漫步，而她常乘坐的慢车，就像吃足了草的牛在安闲地游走。

　　没有跟王锐打招呼而直接去探望他，这在林秀珊是从未有过的事情。所以登上火车的那一瞬间，她有些激动，甚至脸热心跳，就像她第一次被王锐拥抱着一样。

　　这列慢车是由齐齐哈尔开往哈尔滨的。林秀珊在大庆让胡路区的一家毛纺厂的食堂打工，所以她去哈尔滨看王锐，总是从让胡路站上车。能在让胡路停车的，通常都是慢车。林秀珊也不喜欢快车，快车比慢车票贵；还有，高速运行的特快往往使旅客看不清窗外的风景，而坐在慢车上，却能尽情饱览沿途风光。在林秀珊看来，乘火车不看风景就是傻瓜。即便是单调的树、低矮的土房和田野上的荒坟，她都觉得那风景是有韵味的。这些景致本来是死气沉沉的，可因为火车的行驶，它们就仿佛全成了活物。那树木像瘦高的人在急急地赶路，土房就像一台台拖拉机在突突地跑，而荒坟则像一只只蠕动的大青蛙。由于爱看风景，林秀珊在购票时总要对售票员说一句："给我一张靠窗口的。"

林秀珊和王锐结婚六年了。他们是在老家下三营子村结的婚。下三营子有一百多家农户。原来那一带土质肥沃，风调雨顺，农作物连年丰收，下三营子的人日子过得衣食无忧、自足康乐。可近些年由于附近市县滥伐林地，大肆开垦荒地，土地沙化越来越严重，村中那条原本很丰盈欢腾的地根河业已干涸，农作物连年减产。春季的时候，风沙大得能把下到土里的种子给掘出来，下三营子的人纷纷外出，另谋生路。王锐和林秀珊就是这众多外逃人员中的一对，他们同大多数农民一样，选择的是进城打工的路。

王锐会瓦工活儿，他在哈尔滨找到了在恒基建筑公司当建筑工人的活儿。林秀珊本想也在哈尔滨打一份零工，这样和王锐见面方便些，然而几经周折，她的愿望都落空了。林秀珊中等个，圆脸，肤色黝黑，眼睛不大，鼻子有些塌，虽然五官长得不出众，但因为她面目和善，还比较受看。不过，她的牙齿难看极了。下三营子的人多年来一直喝地表水，喝得人人都是一口黄牙。别的女人生了黄牙并不显眼，林秀珊却不同，她太爱笑了，她的黄牙在她温存敦厚的五官中总是最先抢了人家的视线。所以她去应聘时，大多的雇主一见她的黄牙就蹙起了眉，把她打发了。王锐曾建议她做个牙齿"贴片"美容，可林秀珊坚决反对。她说从下三营子什么也没带出来，嘴里有一口黄牙，也算是带了那里的水出来了，这样她在镜中看见自己的黄牙时，就不那么想家了。王锐拗不过她，由她去了。林秀珊最终在大庆的让胡路找到一份工作，在毛纺厂的食堂做饭。除了管吃管住外，她每月还能有四百元的工钱，这使林秀珊很知足。何况，让胡路离哈尔滨并不远，即便乘慢车，三小时左右也到了。

林秀珊和王锐并不是每周都能见上一面，但他们每周都会通上一个电话。三年来一直如此，风雨不误。林秀珊住的集体宿舍和王锐所住的工棚都没有电话，他们就想出了一个主意，把各自居所附近的一部公用电话当自家电话来用。现在电信业很发达，城市的街道上遍布着话亭，你只需买一张 IC 卡就行。这些电话亭大都披挂着一个苹果绿色的罩子，人站在其中，就像是被它给揽在怀中了，所以林秀珊有时觉得电话亭是个情种。

林秀珊所用的那个电话亭，是王锐帮助她选定的。它离毛纺厂只有五分钟的路，在车水马龙的大街上。街边矗立着一排宛若翠绿的屏风似的高大的杨树，电话亭附近还有一个公共汽车站。王锐觉得这个电话亭最适合妻子，街上车来人往，杨树在风中会发出口琴一样悠扬的响声，这样不仅妻子的安全有了保障，还有了一股浪漫的情调。而他自己所用的电话亭，三年来已经变了四次。一幢楼竣工后，他们会去下一个建筑工地，电话亭就要随之变更。通常是林秀珊在每周五的晚上七点来等王锐的电话。明明知道见到的是电话，而不是王锐，可她每次来总要梳洗打扮一番，好像王锐传过来的声音长着眼睛一样。因为双方均处于嘈杂的环境，他们不得不大声地说话，有时简直是在吼，不然对方会听不清。他们每次相会，总要在电话中约定一个时间，林秀珊去哈尔滨找王锐，或者王锐来让胡路看她。他们从来都是如约前往，从未像今日这么心血来潮地突然不约而同地去看望对方。

几乎是在林秀珊登上火车的同时，王锐也开始了去让胡路的旅行。每次探望林秀珊，他都要穿上那套花了七十元在夜市买的藏蓝色西装，它面料低劣，做工粗糙，不是腋窝开线了，就是裤裆开线了。林秀珊常常在缝补的时候取笑王锐，说他："裤裆开线我知道为啥，可是你的腋窝长了什么稀罕物，也会开线？"王锐就揪着妻子的耳朵说："我看你要学坏了！"他脚上的皮鞋，是冬季时在一家小商铺买的。冬季买夏季的商品，折扣率很大，这双原价一百二十元的皮鞋，只花了六十八元就买下来了。由于降价处理的皮鞋断码，王锐没买到适合自己的尺码，这鞋比他平素穿的整整大两码，所以他不得不垫两副鞋垫，不然走路会掉鞋。

王锐去看林秀珊，通常是在双休日的第二天晚上。林秀珊的宿舍住着五个人，他们睡在那里不方便，就到附近的私人旅馆的地下室开一间房。虽然一夜只要二十五元，已令他们心疼不已了。他们聚在一起，先是要热烈地做完爱，然后才会把攒了许多天的话一股脑儿地说出来。王锐会跟她讲他在哈尔滨听到的新鲜事：酒店的食客吃蚌壳吃出了珍珠；浪荡女人看上了别人家的男人，把自己的丈夫给杀了；一头从郊区走失的牛把交通堵塞了一个多小时；居民区飞来了猫头鹰，等等。有一回王锐讲他公司的老总带着他的宠物狗来视察施工进程，说那狗个头很高，纯黑色，大约值三四万元。这狗在家里有单独的居室和床。林秀珊听完后哭了，哭得很哀愁，把王锐吓了一跳，忙问她怎么了。林秀珊抽抽噎噎地说："我们在城市里没有自己的一张床，可你们老总家的狗却有。"王锐笑了，说："那我也不做老总家的狗，我还是要做你的狗，没有自己的床，我们睡在街上也觉得美！"林秀珊不像王锐那样爱讲外面的事，她跟王锐说的都是发生在同一宿舍的人身上的琐事：王爱玲又做了一次流产；肖荣的头发脱得厉害，脚跟裂了口子；吴美娟这一段夜夜放臭屁，熏得大家头昏脑涨的。再不就是，王鹃笨得织毛衣不会上袖子，等等。往往没等林秀珊说完，王锐就起了鼾声。林秀珊就会在枕畔轻轻揪一下丈夫的耳朵，嗔怪道："做完你的美事你就没心思听我的话了，以后我要先和你说话，后做事。"然而到了下一次，他们依旧是急不可耐地先做事，后说话，而轮到林秀珊说话时，王锐的鼾声如潮水一样袭来。林秀珊很心疼丈夫，他在工地干了一天活儿，夜晚时再乘上几小时的慢车，赶到让胡路时已是晚上九十点钟了。第二天在睡意正酣时，他又要起早赶凌晨的火车回去，生怕误了工。林秀珊怕王锐起晚了，特意买了一个闹钟，无论冬夏，只要王锐来探望她，闹钟总要被设置到凌晨三点。因为王锐要在八点赶到工棚。闹钟本来应该是万无一失的，可为了保险起见，林秀珊索性不睡，她和闹钟一起等待着唤醒丈夫的那一时刻。在她的心目中，闹钟跟人一样是有脾气的，赶上它哪一天气不顺了，不想充当叫醒者的角色了，那么他们醒来的一瞬所见到的太阳，一定就是砸向他们生活的冰冷的雪球。不过王锐从不知道妻子这样为他守夜，更不知道在暗夜中林秀珊用手指无限怜爱地在他胸脯上抚来抚去。她还常常情不自禁地悄悄在他脸颊亲上一口。她不敢使劲亲，怕弄醒了丈夫。

有时看王锐太辛苦，林秀珊就主动在固定的约会日期中去哈尔滨。他们会在工棚附近找家私人旅馆，美美过上一夜。林秀珊的旅行包里，除了装着牙具之外，还要装上闹钟和一条花床单。私人旅馆的床单总是污渍斑斑，睡在这样的床上，就有掉进了臭水沟的污浊感，所以林秀珊花三十多元钱买了两米斜纹布的花布做床单。这床单碧绿的底，上面印满了大朵大朵的向日葵。躺在上面，就有置身花丛的感觉，暖洋洋的，似乎能闻到一股淡淡的馨香。他们每次进了旅馆的第一件事就是闩门，然后铺床单。王锐一俟床单铺好，就迫不及待地熄了灯。他们在黑暗中窸窸窣窣地脱衣服，这声音总让林秀珊联想到老鼠夜间在碗柜上偷吃东西的声响。通常都是王锐脱得快，他赤条条地钻进被子里后，对林秀珊说的话总是那句"快点——"，林秀珊常常是越想快越出乱子，不是裤子的拉锁被拉错了位，生生地卡住了；就是衣领的挂钩把头发缠住了；再不就是摸黑解鞋带时，把鞋带弄成了死结，鞋子就像癞皮狗一样咬着她的脚腕不松口。几次尴尬之后，林秀珊在和王锐相会时就尽量穿那些好脱的衣服，衬衣不带领钩和袖扣，裤子是那种宽松的不带拉链的，鞋子是一褪即下的不系带的船形鞋。这样林秀珊能尽快地投入王锐的怀抱。他们脱衣服时，就像不太会刮鱼的人把剥下的鳞片弄得四处皆是。在闹钟响起来的一瞬，他们打开灯来，往往会发现袜子飞上了暖水瓶，本该是成双的鞋子，一只在门口，一只却荡进了床底。有一次，她的胸罩竟然落进了洗脸盆里，那里存着半盆漂浮着死苍蝇和烟蒂的脏水，弄得她以后再戴这胸罩时总要蹙蹙眉，好像这胸罩曾是美少女，而今沦落风尘，总让她觉得别扭。

他们也有扫兴的相会。比如林秀珊有一回满怀温情地去哈尔滨，火车刚开不久，只觉得身下一热，她暗自叫了一声"不好"，去厕所一看，果然见身下飘荡出红丝带一样的鲜血。本该一周后才来的月经，偏偏提前到了，这不速之客自然让她心生懊恼。这样的客人来了也就来了，你是打发不掉的。林秀珊委屈极了，她一见到王锐，泪水就扑簌簌落了下来。王锐以为老家下三营子的家人出了事，吓得嘴唇都青了，问清原委，在长嘘一口气后，他也不由叹口气说："我就把你当成商店玻璃橱窗里的模特，看看不也好吗？"林秀珊破涕为笑，嗔怪他："你让我待在玻璃橱窗里，这不是想闷死我吗？"王锐说："我要有闷死你的意思，就让我从脚手架上掉下来摔死！"他这赌咒本来是表忠心的，岂料说到了林秀珊最担忧的地方，她一旦在电视上看到建筑工人出事故的报道，就要为王锐担惊受怕多日。不是梦见他从高楼上坠下来了，就是梦见他砌墙时把自己砌在其中了，墙成了丈夫的坟墓。所以他们每次通电话的结尾或是相聚后告别时，林秀珊总要叮嘱王锐："干活时小心点啊，留神着脚下，别踩空了；也别忘了注意头顶，谁要是抛个砖头下来，你可得躲着点啊。"林秀珊为此爱幻想，要是王锐生着一双翅膀多好啊，他要是不慎从脚手架上掉下来，落地后会安然无恙，就像老鹰从高空俯冲而下后，会稳稳实实地站在地上一样。王锐的脑壳要是钢铁铸就的就好了，这样砖头瓦砾落在头顶，也奈何不了他。每当她听说谁出了车祸时，她就想人要是钢浇铁铸的就好了，要不汽车是肉做成的就好了。肉撞不死人。可她明白汽车不能用肉造成，而人与人的肉体交欢不可能生出含有钢铁成分的人来。后来王锐与林秀珊约会前，在电话末尾总要小心而羞涩地问一声："你身体方便吗？"林秀珊有时调皮，就说"不方便"，但她随之笑了起来。她的笑声使王锐提起的心又放了下来，明白她这是开玩笑。林秀珊的笑声中，总是夹杂着人语或者汽车疾驰而过的声音，这使王锐觉得妻子的笑声很可怜，好像妻子的笑声是一根水灵灵的胡萝卜，嘈杂的人语和车声是一把把无形的尖刀，削减了它身上许多的甜味和水分，令他心里很不是滋味。他为此很羡慕那些拥有手机的人，他们随时随地可以拨打电话。如果他和林秀珊都拥有手机，那么夜阑人静时，他们会说上几句温存的悄悄话。可他们知道，养一部手机，赶上他们养儿子的费用了。他们有一个四岁的儿子在下三营子，由林秀珊的娘家人带着，王锐和林秀珊每次拿到工钱时，都觉得儿子的脚踝从沙土中拔出了一截，他们立志要攒下一笔钱来，将来把儿子接到城里来上学。

慢车悠悠驶上了松花江大桥。王锐坐在靠着过道的三人长椅上，他望窗外，就得探着身子，把脖子伸得跟鹅一样长。偏偏靠窗的一个胖子在吸烟，他吞云吐雾不要紧，把窗外的风景给弄模糊了，王锐没有看到以往所见的波光闪闪的江水和漂荡在水面的游船，不由有些败兴。他想起身去别的窗口望风景时，火车已经在震颤中跃过江桥，踏上郊外的农田了。王锐不喜欢看农田，他在下三营子的农田里摸爬滚打了多年。他家祖祖辈辈都是种田的。他初中毕业的那年初春，就被父亲从乡里给领回下三营子村务农。父亲教育他的话永远都是："认的字再多，也不能当粮食吃。"王锐在家排行老三，作为"龙凤胎"的哥哥和姐姐都是农民，他们只念到小学，只有他读到了初中。王锐回到下三营子后第一次跟父亲去农田劳动，他在和煦的阳光中边撒玉米种边哭泣。那一年的玉米大丰收，他相信是种子沾染了他泪水的缘故。

林秀珊比王锐小两岁。王锐牵着牛去大地耕田时，常见林秀珊在周末时坐着手扶拖拉机去乡里上学。下三营子只有小学，林秀珊读初中跟王锐一样，必须去乡里。在那几个上初中的女孩中，王锐最相中的就是林秀珊。她虽然模样一般，但总是笑盈盈的，似乎不知道忧愁的滋味。王锐知道林秀珊家跟自己家一样贫穷，她的哥哥结婚都是借的债，父亲半身不遂后家里更加拮据，料她读到初中就得跟他一样回家务农了。当时王锐虽然只有十七岁，但他暗下决心，一定要娶林秀珊。果然，两年之后，林秀珊带着行李回到了下三营子。林秀珊不像王锐失学后第一次下田时委屈得直落泪，她在路上饶有兴致地捡着地上的石子打麻雀玩。每打一下，都要笑一声。悄悄跟在她身后的王锐听到她的笑声，觉得下三营子的土地蓦然变得开阔了，天也显得高远了。以往他讨厌牛身上散发的气味，讨厌在树上鸣叫的蝉，讨厌在热浪滚滚的玉米地里劳作，讨厌那鸡冠色的晚霞，现在他觉得这一切都是可爱的了。他观察到林秀珊喜欢唱歌，就起了无数个大早，到玉米地去练唱，岂料他五音不全，没能把一首歌唱成歌的样子，他气馁了。后来他想林秀珊喜欢歌，就一定喜欢听口琴，于是就请求家人出钱给他买个口琴。父亲坚决反对，说是买个口琴顶上几袋粮食了，不能浪费这个钱。哥哥也说，一个农民吹着口琴，给人一种不务正业的感觉，不能买，再说买了他也不会吹，等于领个哑巴回家。王锐为此绝食三天，母亲怕小儿子有个三长两短的，就偷着塞给他二百元钱。口琴在村里的商店绝无踪影，王锐去了乡里，乡里也没有，他又从乡里搭乘长途车去了县城，总算如愿以偿买到了口琴。那长条形的扁扁的口琴落入他手中时，他感觉握着的是林秀珊的手。最便宜的口琴九十八元，王锐买的是一百四十元的那种，他喜欢那嵌在琴身里的两行绿色方格小孔，感觉那里面长满了碧绿的青草。而最贵的那个口琴，琴身中用以发音的铜制簧片上镶嵌的小格子是红色的。王锐想若是吹这样的口琴，会觉得口唇出血，流进琴身中了，没有那种美好的感觉。由于母亲只给了他二百元钱，除去进城的路费和买烧饼用以果腹的钱，余下的钱只够乘车到张家铺子。王锐索性就从张家铺子一路走回家去。其间他搭过两次农用三轮车。饿了，就偷地里的萝卜吃；渴了，就到路过的河里掬一捧水喝。夜晚宿在野地里，望着满天星斗，他不由得捧着口琴，悠然吹着。他感觉每一个琴音都散发着光芒，它们飞到天上，使星星显得更亮了。当他怀揣着心爱的口琴回到家里时，有个邻村的姑娘正在家中等他。这姑娘是媒婆金六婆领来的。金六婆一口黄牙，但她的黄牙比下三营子人的黄牙值钱，是金牙，她的手指上还戴着一枚金戒指。她是下三营子最富的人，不用种地，只靠给人保媒拉纤，过得衣食无忧。王锐生得一表人才，瘦高个，棱角分明的脸，鼻梁挺直，眼睛不大，但很有神，而且言语不多，金六婆说他天生一副"贵人相"，可惜投胎到了穷人家。她说王锐若是生在富人家，去城里念了大学，一准能做骑马坐轿、呼风唤雨的官人。她早就跟王锐的父母许愿，要给王锐说个这方圆百里最俊俏的媳妇。她领来的姑娘也的确俏丽，瓜子脸，弯而细的柳叶眉，鼻子和嘴生得也好，一双杏仁眼看人时含情脉脉的。她看了一眼王锐，就抿着嘴笑了。而王锐一看她，却心凉了半截。他的心里只有一个其貌不扬的林秀珊。母亲悄悄把王锐拉到灶房，对他说："这姑娘比你小一岁，多俊啊？他爸是水杨村的村长，两个哥哥都成家立业了，大哥是养猪专业户，二哥在县畜牧局当局长，家里趁着呢！"王锐步行归来，疲乏得像拉了一天石磨的驴，本想喝上一碗热粥后蒙头大睡，不料从天而降一个"林妹妹"。他急得脑袋发晕，说："我不喜欢她，让金六婆把她领走吧。"母亲急了，她狠狠地用手指点着王锐的脑门说："你真是个死脑瓜子，怎么这么不开窍呢？这姑娘可是天上难找、地上难寻啊，错过了她，你会后悔一辈子！"王锐说："我嫌她长得像林黛玉，太单薄，没福相！"母亲虽然大字不识，但也听过《红楼梦》的故事，她气急地说："你还以为自己是含着通灵宝玉来到人世的贾宝玉啊？你天生就是当牛做马的命！不是你模样比别人长得好，你连秀姑都娶不上！"母亲的话更激起了王锐的反感，他怎么连秀姑都不配娶呢？秀姑是下三营子有名的痴呆，已经三十岁了。她整日走街串巷地游荡，一样家务活都不会做。她见了女人从不说话，总要不屑一顾地啐她们一口，好像别的女人不配活着，下三营子只该她一个女人喘气才对。而她见着男人，无论长幼，总要笑嘻嘻地上前拉人家的手。王锐就被秀姑扯过两回手，一回在豆腐房门前，秀姑对他说："我给你暖被窝去吧！"王锐挣脱了她，说："我有热被窝，不用你暖！"还有一回，王锐去食杂店买灯泡，被秀姑撞上了，她咯咯笑着拉了一把王锐的手，说："你长得美，我想吃了你！"吓得王锐掉头跑回家中，连灯泡也没买。家里的灯泡烧坏了，一家人都坐在黑暗中。听说王锐空手回来，就问他缘由，王锐如实说了，家人都嘲笑他："一个秀姑就把你吓着了，亏你还算个男人！"

母亲说秀姑都不会跟他，等于羞辱了王锐。他冲动地说："好了，我连秀姑都娶不上，我打一辈子光棍好了！"这话被里屋的姑娘听到了，她不再像先前那样抿着嘴端端正正地坐着了，她抬腿就走，边走边对金六婆说："三条腿的驴不好找，两条腿的男人遍地都是！"先前的文静之态荡然无存了。金六婆气得骂王锐："你可真是不识抬举，给你送只金凤凰来你都不识！"王锐说："我家是个草窝，养不住金凤凰！"金六婆领着姑娘讪讪地走了。家人都埋怨王锐，王锐说："我心里有人了。"家人追问这人是谁。王锐说："娶她时你们就知道了。"他相信那把口琴能帮他赢得林秀珊。没想到几天之后，家里的耕牛突然不见了，跟着，放在野地里的两只羊也失踪了。正当王家为失去了牛羊而急得四处疯找时，金六婆嗑着瓜子来了。金六婆说："那姑娘可是一眼就相中了王锐。王锐跟了她，她爸答应置办全套嫁妆，你们家的牛羊，损一补十！"王家人至此恍然大悟。王锐的父母想那姑娘家如此霸道，若是她进了王家的门，全家还不得把她当祖宗一样供着啊？王家人便对金六婆说："我家水浅，养不住这条美人鱼！"金六婆说："活该你们家受穷一辈子！"王锐一知道家中牛羊的失踪与那姑娘家有关，他就不动声色地去了水杨村。他果然发现自家的牛羊在村长家的牲口棚里！王锐自知势单力薄，所以他是有备而来。他用塑料胶管装上沙土，缠绕在身上，又用塑料薄膜裹了几块砖坯的碎块绑在身上。当他牵着牛羊从村长家的牲口棚里出来时，村长和他身强力壮的儿子拦住了他的去路。王锐厉声说："给我闪开！"村长说："你擅自闯入我家牲口棚，偷我家的牛羊，这是盗窃！我让人把你送到派出所去！"王锐沉静地说："这是我家牛羊，我领它们回家理所应当！"他刚说完这话，村长的女儿从屋里出来了。她撇着嘴对王锐说："你说这牛羊是你家的，你叫它们一声，它们会答应吗？"王锐说："别以为牛羊跟你们一样没人性！"他吆喝了一声，一直沉默着的牛羊果然发出了温存的回应，牛哞哞地垂头叫了两声，而两只羊咩咩地叫个不停。姑娘说："这也不能说明它们就是你们老王家的！"王锐"唰——"地一下脱下外衣，他身上披挂的那些伪装的雷管炸药一览无余地暴露出来，他手握打火机，"咔——"地弹出一炷火苗，说："你们敢不让我牵回牛羊，我就与你们同归于尽！"村长吓得腿都软了，而姑娘则捂着耳朵跑回屋里，边跑边说："快放他走吧！"村长的儿子赔着笑脸对王锐说："兄弟，别激动，你说这牛羊是你家的，你领回去就是。你这么年轻，千万别做傻事！"王锐说："你们搅得我们家鸡犬不宁，我也不会让你们好过！"村长说："怪我有眼无珠，小瞧了你。你走吧，只是你赶紧把打火机给灭了，我家的瓦房可是新盖的，要是炸飞了可怎么办？"王锐说："我警告你，以后再敢欺负我家，我就把县城的几个黑道的哥们儿都叫来！你们别看我外表蔫，实话告诉你们，我跟人劫过出租车，调戏过别人家的小媳妇，把一个不听我们话的人打成了残废！将来我家里发生任何事情，我都要算在你们身上，不会放过你们！从今天起，你们就为我们一家人的平安烧香磕头吧！"村长父子差点没吓得尿了裤子，赶紧让开路，让王锐和牛羊赶快走。王锐就擎着燃烧的打火机，大摇大摆地横着肩膀晃荡出村长家。一出了水杨村，他就软了腿脚。心想万一村长识破了他身上捆绑的是假雷管炸药，他又如何牵得回牛羊呢？牛羊的失而复得使王家人分外高兴，王锐只是说在邻村的庄稼地里找到了它们，并没说自己的"壮举"，他怕吓着家人。果然，从那以后，村长家再没有对王家"挑衅"。王锐想村长也许庆幸没把女儿嫁给他这个"亡命徒"。只是金六婆见着王锐总是如惊弓之鸟一样绕着走，再也不敢登王家的门为他"说媒"。王锐也就用那把口琴，堂而皇之地为自己"说媒"，如愿以偿地追求到了林秀珊。

慢车的车厢里坐着的大都是衣着简朴、神色疲惫的旅人。从他们的装扮和举止上，可看出他们大都是生活中的低收入者。这是中秋节的日子，不少旅客携带着月饼。林秀珊想这火车上大多的人都是为着和家人团圆而出门的。林秀珊不像别的旅客看上去无精打采的，她坐在靠窗的位子，一会儿望窗外的风景，一会儿打开旅行包，翻翻里面的东西。与以往不同的是，包里除了装着牙具、床单和闹钟外，还多了一袋月饼和一把口琴。王锐用以追求林秀珊的旧口琴，早已残破不堪，如今它成了儿子手中的玩具。儿子出生后，王锐就不再吹口琴，虽然他们在闲聊中还要常常提到它。王锐当时也没求教任何人，凭着自己的反复练习和摸索，竟然能把会唱的歌完整无误地吹奏出来。林秀珊在下三营子时是多么喜欢听那悠悠的口琴声啊。王锐经常在她家的农田尽头吹，林秀珊的哥哥和嫂子看穿了王锐的心思，他们一听到口琴声，就对妹妹说："鸳鸯求偶来了。"林秀珊也不害羞，她笑吟吟地说："我听了这琴声心里舒坦，我要是嫁人，就嫁他吧。"哥哥说："你要是想常听这口琴声，就别让这小子一下子把你追求到手了。他追不到你，会一直把口琴吹下去，要是把你娶到家中了，也就没那情怀了！"林秀珊认为哥哥的话说得在理，就若即若离地和王锐交往，她也果然如饮甘泉般地把口琴声听得透彻、舒畅、如醉如痴。他们结婚时，那口琴的发音已经沙哑得如同老妪了，但洞房花烛夜时，林秀珊还是让王锐为她吹了一支曲子。怕家人笑话他们在那样的夜晚还要吹口琴，他们就把两床被子合在一起，关了灯，钻到被窝里吹琴和听琴。王锐憋得直喘粗气，而林秀珊被捂得满头大汗。最终那支曲子没有吹完，两个人都像获救的溺水者一样从被窝里迫不及待地拔出头来，透彻地喘气，并忍不住笑了起来。被大人怂恿来听窗的小侄听见这对新人的笑声，跑回父母房里大声报告："我听见他俩的声音了，是笑声！原来结婚的人晚上睡觉时得笑啊！"

林秀珊已经好几年没有听见王锐的口琴声了，她为此想得慌。有一回她跟王锐说："真想听你再吹吹口琴。"王锐说："买个口琴起码要一百多块钱，够我来看你两三趟的了。等有一天发了横财，买个最好的口琴，我用它当闹钟，天天早晨用琴声叫醒你！"

每到开工资的日子，林秀珊总要去一趟银行。她会留下一百元钱做一个月的零用钱，其余的都存起来。除了换季时节，她平素几乎不添置新衣裳。她用最便宜的牙膏和香皂，从来没使过化妆品。一支牙刷足足能使一年，刷毛最终像一蓬乱草纠缠在一起，它们像鱼刺一样，常把她的牙龈刮出血来。她用的月经纸，不是那种包装精美、透气性能好的卫生巾，而是价格低廉的卫生纸。她把它们一摞摞地叠成卫生巾的样子。她和王锐相聚的晚餐，至多不过到小酒馆要两盘水饺或者是两碗肉丝炸酱面。大多的情况下，他们会到人声鼎沸的大排档喝上两碗馄饨。王锐不像林秀珊每月能拿到钱，他总是要等到一个工程完工后，才能见到现钱。而最终到手的钱，与当时公司许诺的总要少上几百。冬季感冒流行时发的板蓝根冲剂和病毒灵，端午节吃的粽子和鸡蛋，最终又摊派到工人们身上了。公司还常以施工质量不过关来克扣他们的工钱，令他们无可奈何。林秀珊去过王锐住过的几个工棚，它们的格局都是一样的，进门就是一溜长长的木板通铺，那铺上相挨相挤地摆着几十套叠得歪歪扭扭的行李，铺下是旅行包、脸盆、鞋子等杂物，而狭窄的过道只能容人走过。王锐说有时候晚上累乏了，工棚里灯光又昏暗，他们常常有钻错了被窝的时候。林秀珊每次看到通铺上丈夫的那一条铺位，心里都会一阵阵地抽搐。他们的钱得之不易，所以在花钱上，他们总是格外地仔细。他们探望对方，乘坐的永远都是票价最便宜的慢车。他们每年最大的开销，就是春节回乡。不但要给家人买上衣服、鞋帽等礼品，还要给双方的家里都留一些钱，用以买种子和化肥。下三营子的庄稼收成一年不如一年，但农民还是满怀希望地连年把种子撒下去。有的农户哪怕是借债，也要在春季时去播种。而这些种子即使没有被风沙刮走，艰难地发了芽，长了苗，也往往由于干旱而颗粒无收。留在下三营子种地的，基本都是老人。年轻力壮的，都出去打工了。由打工引起的五花八门的故事也就层出不穷了。有人外出受了骗，转而又去骗别人，锒铛入狱；有人看到外面的花花世界动了心，把挣来的钱扔在了"三陪女"身上，回到下三营子就和老婆闹离婚；有的在打工时受伤落下了残疾，而雇主对此不理不睬，迫不得已走上了艰难的打官司的道路。比起其他的打工者，王锐和林秀珊是幸运的，他们虽说也是艰辛，但最终还是能把钱拿到手中。更为难得的是，他们身心安泰，相亲相爱，不似有的夫妻，一旦离开下三营子，就挣断了婚姻的根，各奔东西了。

林秀珊想给王锐买个口琴的愿望已经不是一天两天了。这次能舍得买，完全是因为她意外得到了六十元钱。毛纺厂每逢节日时，会给工人搞一些福利。比如端午节分鸡蛋，中秋节分月饼，等等。在食堂工作的人，只有她不是正式的，所以轮到分东西时，总没她的份儿。林秀珊早已习惯了大家欢天喜地地分领东西时，她在一旁淘她的米，择她的菜。可这回中秋节却不同以往，林秀珊破例分到了毛纺厂自家生产的一床拉舍尔毛毯。前几天上任的后勤主任来察看食堂工作，林秀珊正戴着条油渍斑斑的大围裙"咣——咣——"地用小斧子砍猪脊骨。在副食店中，猪骨头分为三等，最贵的是扇骨，称为"净排"，最便宜的是大骨棒，居中的是三角形的脊骨。食堂买来的多数是脊骨。剁脊骨需要力气和技巧。有力气而无技巧，容易把脊骨剁得支离破碎的，而有技巧却无力气，脊骨上的伤痕就会跟鱼尾纹一样多。林秀珊剁脊骨，总是一斧子就下来一块，脊骨大小相等，均匀适中，易于烹煮。后勤主任见林秀珊剁脊骨十分在行，就站在她旁边看了几眼。林秀珊毫无知觉，当她剁完脊骨抬头的一瞬，看到了后勤主任打量自己的目光。那赞许而又满含欣赏的目光让林秀珊红了脸，她受不了男人对她的好目光。就是婚后王锐带着欣赏的成分多看她几眼，她也会脸红。后勤主任问林秀珊是哪儿的人。林秀珊说是下三营子的。后勤主任不知道下三营子在哪里，就问她，结果林秀珊给他解释得一头雾水。她不说这个村属于哪个乡，又归属哪个县，而是说从让胡路乘慢车，坐上十几小时后换另一列火车，再坐三小时后换乘汽车，过四小时就到了。不但后勤主任听糊涂了，灶房的其他人也听糊涂了，大家笑了起来，把本来已经红了脸的林秀珊笑得脸更红了，红得就像她刚刚剁下的脊骨里嵌着的肉。食堂组长王爱玲对林秀珊一向很好，她就趁机跟后勤主任夸赞林秀珊脾气好，能吃苦，温顺，说她每个月除了四百元的固定工钱外，从来没有享受过任何福利，可她从无怨言。后勤主任就一挥手说："过几天是中秋节，无论分什么，都给她一份！"这真出乎林秀珊的意料，仿佛童年时在故乡的地根河望水中的明月，总以为那是虚假的。直到两天前她真的跟正式工人一样得到了一床色彩鲜艳的拉舍尔毛毯，才信以为真。这种毛毯在百货公司大约要卖二百，就是出厂价也在一百四十元左右。林秀珊第一眼看见它，眼里就横出一条口琴的形象。她的铺盖是毛纺厂配备的：一条棉花有些板结的褥子，一床蓝方格被子。虽然褥子有些硬，被子嫌薄了些，可她觉得她用毛毯太奢侈了。她也知道毛毯垫在褥子上柔软舒服，而冬天暖气不足时加盖在被子上会分外暖和，可她不舍得用它。她打算着到农贸市场悄悄把它卖掉，用所得的钱给王锐买个口琴。农贸市场里经常有流动的商贩，一看他们的装扮，就知他们是郊县的农民。他们背着一袋瓜子或是挎着一篮核桃、一篮蘑菇、一篮野果子，等等，提着一杆秤，游走着做生意。他们做生意不像那些有了店铺的人那般理直气壮，他们吆喝时总是东张西望的，唯恐被市场管理所收税的撞上。若真是看见戴着大盖帽、穿着蓝灰制服的人走过，他们会吓得落荒而逃。这种做生意的方式很辛苦，又很有趣和冒险，林秀珊早想一试，可惜没什么可卖的东西。现在这床拉舍尔毛毯适时而来，她就想做一回生意人。她给它在心中定了个价格，别低于一百二十元。当她在一天晚饭后提着它要去农贸市场的夜市时，王爱玲叫住了她。王爱玲说，她弟弟快结婚了，她手中也分了一床毛毯，正想着再买一床凑成双，不如让林秀珊把它卖给自己，省得她费口舌和精力。万一卖不掉，被收税的人发现了，东西没收了不说，还得交罚款。林秀珊就爽快地说："干脆你就把它拿去吧，算我送你弟弟的结婚礼物！"林秀珊明白，没有王爱玲，她也不会得到这份"福利"。王爱玲说："那怎么行，你要是不要钱，我宁肯再买一床！"林秀珊说："那行，你就少给我点钱吧。"王爱玲掏出一百元给她，林秀珊心里"咯噔"了一下，心想这比她要卖的少二十块呢，她仿佛看见王锐的口琴有几个小孔不会发音了。但她嘴上说的却是："太多了！太多了！"两个人各自虚伪地争执着，一个非说给多了，一个非说给少了，最终林秀珊要了王爱玲六十元钱。刚开始她有些沮丧，觉得王锐的口琴有一半不能发音了，但她很快又高兴起来，因为王爱玲许诺她，中秋节时给她一天假，让她去哈尔滨看望王锐，这真让她喜出望外。她从银行取出一百五十块钱，加上那六十元，给王锐买了一把价值一百三十元的口琴，又买了一袋月饼，余下的钱用于购车票和到哈尔滨吃住了。

林秀珊抚摸着口琴，就像触到了王锐柔软温热的唇。她要给他一个惊喜。她估计王锐上午在工地，打算着下车后就直奔工地找他。中午两个人可以在一家小饭馆叫上两屉蒸饺，晚上时吃月饼。她打算晚上六点之后再去登记房间，不然，要多交半天的房费。

慢车就像一个惯于施舍的人，对于那些快车不屑于停靠的小站，它却仁慈地站下来了。它走一走，就要停一停。一般的旅客厌烦慢车的这种"逢站必停"，林秀珊却不。那些小站常让她想起下三营子。下三营子不通火车，连这样的小站都没有。要是火车对所有的小站都呼啸着一掠而过，那不就跟财大气粗的人对沿途的乞讨者置之不理一样可恶吗？上下小站的人大都神色倦怠，衣着破旧，他们看人时的表情有几分呆滞，几分胆怯，几分平和，又有几分微微的好奇。有的慢车不对号入座，上车的旅客就先要紧张地奔着空位置东窜西跳，往往没等他们坐下来，火车就启动了。火车在小站的停车时间通常是三分钟，最长的不过五分钟。上下车的人永远都是慌慌张张的。林秀珊在火车上坐得闷了，就喜欢打量新上来的乘客。有的妇女的花衣裳好看，她就盯着人家的衣裳看；有的小孩子的脸蛋红扑扑的，她就盯着小孩的脸蛋看。有一回她见一个男人的发式好看，就盯着人家的头发看，心想王锐若是梳个这样的发式也不错。结果那个花心的农民以为林秀珊看上了他，悄悄地把腿从茶桌下伸到她腿旁，轻轻地踢她，暗示和试探她。林秀珊就张开嘴，长时间地把一口黄牙暴露出来，宛若打开粮仓晒金灿灿的玉米一样，这一招果然把那男人吓着了，他连忙起身去寻别的座位，林秀珊就合上嘴，趴在茶桌上偷偷笑了。她想，幸亏没给自己的这口坏牙做美容，它们的丑陋是射向那些对她心怀不轨的人的子弹。

林秀珊看了一会儿口琴，把它放回包里，又调皮地玩了一会儿闹钟，依然又把它放回包里。虽然已是初秋了，风微微凉了，可阳光却依然明媚。她仰望蓝天下的那一朵朵雪白的云——它们在她读过的小学课文中被比喻为羊群。林秀珊觉得再贴切不过了。她想天上放出来的羊群到底是不一样的，它们肥美而洁净。只是她不知牧羊者是谁。是太阳吗？也许是，因为太阳投下的光在她看来就像一条条羊鞭。

林秀珊是个有着奇思妙想的人，比如这火车的车轨，在她眼里分明就是两条长长的腿。而城市街道上伫立着的电话亭，在她看来就是一只只大耳朵。现在她的包里多了一把口琴，她就觉得这不停发出声响的火车是一把琴，而能让这琴发音的，是那弓弦一样的铁轨。现在她是坐在一把小提琴上去看望王锐，生活中还有什么比这更美好的事情呢？火车响着，车厢内有说话声、咳嗽声、小孩子的哭闹声，而窗外又有公路上汽车的喇叭声传来，她觉得这些声音都是帮助这列小提琴似的火车来合奏一首内容丰富的乐曲的。她喜欢这样的声音，嘈杂、琐碎、亲切、温存。

　　慢车经过龙凤站时，王锐的对面上来一对男女。女人被搀扶着，面色苍黄，有气无力的。搀她的瘦高男人刀条脸，一嘴的酒气。王锐猜他是那女人的丈夫。女人虽然满面病容，但她的美丽仍然像河面上的月光一样动人。她坐下来后哀怜地看了一眼王锐，王锐就很想问候她一声。他的包里，有几个橘子，两块月饼，还有一条丝巾。月饼是他要和林秀珊赏月时吃的，而丝巾是要送她做礼物的。让胡路春秋时风大，林秀珊早就想拥有一块丝巾来包裹头发，可她一直没舍得买。王锐就在国贸地下商城的摊床为妻子买了一条蓝底紫花的丝巾。他不敢去大商城，那里的商品贵得令人咋舌，而地下商城的东西，从来都可以讲价。这条要价六十元的丝巾，他花了三十五元就买下来了。他先是要了蓝地白花的，它豁亮极了，一眼望去像是晴空下飘荡的一片白云。后来他怕妻子戴这样的丝巾太招人眼，万一她在周五的傍晚等他的电话时戴这样的丝巾被坏男人盯上了怎么办？于是他就换了一条蓝地紫花的，它不那么显眼，也很漂亮，有如暗夜草地上的花，虽然看上去影影绰绰的，但给人一种典雅的美。既然丝巾和月饼是不能给对面的女病人的，王锐就掏出一只橘子给她，说："吃个橘子解解渴吧。"那女人努力挤出几丝笑容，摇了摇头。而她身边的男人，充满敌意地瞟了他一眼，对那女人嘀咕了一句："你病成这样了，还这么勾人的魂儿！"王锐很想说那男人几句，你女人病成这样了，怎么还说风凉话？可他怕人家骂自己多管闲事，也就没说什么，并且在那女人摇头之后，把那个没送出去的橘子又收回包里，免得惹是生非。那男人坐下来后点起一颗烟，在烟雾中眯缝着眼问王锐："兄弟，去哪儿啊？"王锐没说目的地，而是说了他要看望的对象："看媳妇去！"这时那女人扬着手对男人说："我还是痛，再给我一片止痛药。"男人一手掐着烟，一手在兜里翻腾药片，数落那女人："我早就跟你说过，跟着情人跑的人是没有好下场的！你精精神神、漂漂亮亮的时候他就跟你欢欢喜喜的，你一旦有个病有个灾，他就一脚把你踢出门了，还不得原来的主儿侍候你？！你保证以后不跟你那情人交往了，我就把酒戒了，烟也戒了，你就是要天上的月亮，我也会架个云梯给你去摘！"说完，他摸出药片，把它填到女人嘴里，又从旅行包里拿出矿泉水瓶，拧开盖，喂那女人吃药。女人大约嫌他在陌生人面前揭她的短，吃过药后，就合上眼睛佯睡了。王锐这才明白，这女人原来有个情人！先前对那女人的同情也就一落千丈，他忽然同情起对面的男人来了。他想林秀珊若是跟了别人，他可没有这么宽阔的胸怀再接纳她。王锐主动问那男人："大哥，回家过八月十五啊？"那男人说："对，回讷河。"王锐指着那女人问："你媳妇？"那男人吐了一口痰，说："哼，是我媳妇！"他瞪了那女人一眼，叹了一口气，说："你说去看媳妇，那么你和媳妇是两地生活啊？"王锐点了点头。那男人狠狠地吸了一口烟，说："不是我喝多了跟你说疯话，你听我一句话，赶快想办法整到一块儿吧，不在一块儿的夫妻不出事才怪！像我们，一个在讷河，一个在龙凤，你知道她天天晚上跟谁躺在被窝里数星星啊！"王锐笑了，他轻声说："我媳妇可不是那种人。"那男人撇了一下嘴，一本正经地板着脸教训他："兄弟，可别说大话，自古以来最不敢打赌的就是自己的女人不出去养汉！"说完，他咂摸了几下嘴。他讲话时舌头微微有些发硬，足见他喝了过量的酒。王锐想他如果不喝那么多酒的话，也就不会当着陌生人不顾自尊、口无遮拦地展览"家丑"了。林秀珊就说过酒是"魔术水"，人若是喝多了它，完全就不是本来的样子了，文静的女人变得浪荡了，木讷少言的男人变得跟八哥一样喋喋不休了。王锐就和妻子开玩笑说："哪天我把你灌醉了，也让你浪荡浪荡！"林秀珊说："你嫌我不风骚，是不是？"王锐："你要是真学得风骚了，我在工棚里还不得夜夜失眠啊。"林秀珊就露出她那一口黄牙，带着几分娇嗔，几分得意，几分甜蜜，如盛开的金莲花一样地笑了。

车厢的过道里响起了流动小货车走来的吱扭扭的声音。那男人掐灭了烟，神情亢奋地吆喝货车停下来，要了两瓶啤酒，一袋花生米，两根香肠。他用牙齿把两个瓶盖麻利地咬下来，递给王锐一瓶，说："兄弟，吹一瓶吧！"王锐连忙说："我不会喝酒，你喝你喝！"那男人边撕花生米的包装袋边说："酒是好东西啊，喝了它心里舒坦！"说完，他耸了一下肩膀，说："有时我觉得心里乱七八糟的，堵得慌，就像塞满了垃圾，可是酒一落肚，咳，就觉得心里敞亮了！酒就像小扫把一样，把那些脏东西都给我清除掉了！"他一用力，花生米的袋口被撕裂了，"哗——"的一声，袋中的花生米有多半撒在地上，花生米咕噜噜地四处滚动。那男人骂："我×，你们又不是黄花闺女，天生就是被人吃的，还溜，就是溜了，我吃不上你，老鼠也会把你们吃了！"他的话把王锐逗笑了。就连那女人也微微睁开眼，偷偷看了一眼对着遗落的花生米发牢骚的丈夫，嘴角浮出几丝不易察觉的微笑，然后又合上了眼睛。

王锐已经快到站了。他看着对面的男人咕嘟嘟地喝啤酒。一喝上酒，他的话就更多了。他骂这车厢里的腥臭气，说是不知哪个混蛋把变了质的鱼带上车了；他骂厕所的尿骚味，嫌乘务员个个是懒虫，不知道冲刷厕所。他还骂慢车跟婊子一样，逢站就要拉客。他很快干掉了一瓶啤酒，他在弯腰把空酒瓶摆在地上的时候叹了一口气，说："唉，我老婆的水分就像这瓶里的酒，让情人给滋咕滋咕地喝干了，留给我的，就是个空瓶！可我还不舍得扔掉这个空瓶子！"说完，他站起身，无限怜爱地抚弄了一下那女人的头发。他的举动险些催下王锐的泪水，他对眼前这个看似粗俗、牢骚满腹的男人有了一股莫名的好感。所以当他在让胡路下车的时候，他紧紧地握了一下那男人的手，说："回去过个好中秋节吧！"那男人嘟囔道："咳，你怎么这么快就下车了？我还没跟你聊够呢！"

王锐步出站台时，心里不由得有了几分怅惘。他想万一林秀珊看上别的男人怎么办？他可不想让妻子的笑容开在别的男人的怀抱里。林秀珊曾跟他说过，毛纺厂传达室的老李对她很热情，有一次她去电话亭等王锐的电话，天忽然落起雨来，老李就打着伞来接她，一直把她送回宿舍。林秀珊说她头一回和别的男人合打一把伞，心里很紧张，有意识地与老李隔得远一些，结果半面身子淋在雨中，仍然弄得身上湿漉漉的。王锐当时与林秀珊开玩笑说："这老李分明是想把你弄湿了，让你浑身发冷，再说要为你暖身子！"林秀珊朝王锐的胸上猛捶了一下，说："我才不让别人为我暖身子呢！"王锐只见过老李一回，印象中他是个面目和善的人。他想今天他找林秀珊，一定要在传达室停一下，让老李看看他给妻子买的丝巾，让他明白他对林秀珊的爱有多么深。可他不知道今天是不是老李的班。传达室的两个人是轮流当班，每人值一天一宿的班后，会休息一天。

是上午十一点左右的光景，阳光强烈得直晃眼睛。王锐快步朝毛纺厂走去。沿途随处可见提着月饼和水果的行人，王锐明白他们这是为着晚上的那轮月亮而准备的。在下三营子过中秋节时，母亲会在院子里放上桌子，摆上月饼、瓜果来"祭月"。月饼和瓜果经过月亮的照耀后，人才会去吃它们。

王锐路过传达室时，特意看了一眼是谁当班，结果发现不是老李，这让他有些失望。那个人不认识王锐，他见王锐径直朝厂子大门走去，就吆喝他："喂，你站住！找谁去呀？"王锐停下脚步，说："找我媳妇林秀珊！"那人说："林秀珊一大早就提着包出门了，不在厂子里！"王锐说："这怎么可能！"那人说："你不嫌遛腿儿，就进去找找看！"他很有原则性地拿出一张单子，让王锐填上姓名，并查看了他的身份证，这才放他进去。王锐想这个人一定是看错人了，林秀珊在食堂工作，她怎么可能擅自出门呢？他很快走到厂区西北角的食堂，一推开灶房的门，就闻到一股炖肉的香味。王锐看见王爱玲在切白菜丝，其他两个人择着豆角。王爱玲一见王锐就惊叫道："你怎么来了？"王锐说："今天过节，工头给了我一天假，我来看看秀珊。"王爱玲撇下菜刀"哎哟"叫了一声说："我们今天给了秀珊一天假，让她去看你，她一大早晨就去哈尔滨了！你赶快往回返吧！"王锐僵直地站在那里，好半天才醒过神来，他说："这事闹的！"

王锐几乎是一路小跑着冲出毛纺厂。路过传达室门口时，那个当班的人对他说："我没说错吧？"王锐没理睬他，直奔火车站而去。到了那里，立即买了一张半小时后开往哈尔滨的慢车票。他想林秀珊找不到他，一定会在工地等他。

正午了，王锐听见自己的肚子咕咕叫了。他花一元钱买了两个酸菜馅肉包子。那包子皮厚馅少，已经冰凉了，吃得他直反胃。本来就心急如焚，偏偏又听到广播说这列慢车大约要晚点十五分钟左右，这可真是火上浇油。王锐有个毛病，一旦着急起来，就有些小便失禁，他一趟接着一趟地往厕所跑。当年林秀珊生孩子难产，听着妻子喊天叫地的哭号声，他也是抑制不住地一遍一遍地跑出去撒尿。当儿子终于哭叫着降生了，他也尿得头晕眼花，快迈不动步了。

王锐每次从厕所跑出来，都要看一眼检票口上方的电子显示屏上打出的列车进站的信息。他生怕火车又抢回了时间，正点进站了，把他给甩下来。虽然凭经验他明白，慢车一旦晚点了，是不可能把时间调整到正常时刻的。因为慢车运行区间短，通常是没等车速起来，它又要为着那一个个小站而停下来了。

果然，那列火车足足晚点了二十分钟才像个酒鬼一样晃晃悠悠地进站。也许是中秋节客流量大，王锐没有买到座号，他就站在车厢连接处的茶炉前。那里聚着几个跟他一样无座的人，有个妇女怀抱孩子坐在地上，无所顾忌地奶孩子。王锐看了一眼她裸露的丰满的奶子，不由得羞愧地低下头，他觉得看别的女人的奶，就是对妻子的不忠。另几个站着的人，有的在吸烟，有的靠着肮脏的车厢板壁，疲倦地打瞌睡。一旦上了车，王锐就心安了。他站在车门口，透过污浊的玻璃望窗外的风景。他想这样的大晴天，晚上的月亮一定分外光华、明净。他想起在下三营子过中秋节时，林秀珊会用洗衣盆装上清水，看水中的月亮。王锐问她为什么不看天上的。林秀珊总是"咯咯"地笑着说:"天上的月亮摸不着,水里的能摸得着。"说着,就用手去捞月亮,把月亮捞得颤颤巍巍的,好像月亮一下子老了几十岁。想起林秀珊,王锐就有一股格外温馨的感觉。慢车行进的声音很像一个发病的哮喘患者,发出一股令人窒息的杂音。王锐站了一会儿,就觉得腿脚发酸了。他转过身来,发现茶炉旁聚集了几个接水的人,他们有的托着白色的快餐碗面盒,有的则端着茶渍斑斑的缸子。他们都在抱怨这水太温吞。王锐想与其在这消磨时光,不如到车厢里询问一下别的乘客有没有提早下车的,他好寻个空位。他从接水的人的身后艰难地挤进车厢,结果发现过道里也站满了人,便知自己的愿望十有八九会落空。他问了六七个人,他们不是说在终点站下车,就是说站在过道的人早已把他们的座位候上了,王锐只能悻悻地再回到茶炉旁,想着两三个小时的路途不算远,也就安心地站到了车门口。可是慢车的车门就像人的假牙一样容易脱落,你靠了它没有多久,它就在小站上停车了。车门打开后,上下车的人一拥挤,王锐就被挤得团团转,他感觉自己就像被抽打着的陀螺,不由自主地旋转。待到车门关闭,火车重新启动后,他已被折腾得满头大汗,气喘吁吁,就像砌了一天砖一样四肢酸软、疲乏无力。王锐想这个时刻要是孙悟空出现就好了,吹上一根毫毛把人变成蜜蜂蚊子,那样所有的座位都会是空的了。这样一联想,他就觉得人是可怜的,鸟儿去哪里都不用买票,只需把翅膀一扇,天空就可以做它的道路。

慢车常有逃票的人。有些人逃票技巧高超,看着乘警来查票了,不是溜进厕所,就是钻到座席下面。还有的是两个人合伙逃票,唱双簧,他们只买一张票,查票时一个人待在原处,另一个人躲在车厢连接处。被查过票的人通常会做出要上厕所的样子，把已验过的票递给无票的人，这样无票的人就成了有票的人，大摇大摆地回来了。这些逃票技巧，王锐都是听工友们说的。他们常常逃票，讲起来头头是道。王锐也曾动过逃票的心思，有一回他只买了一张站台票就上了火车，可查票的乘警一来，他就六神无主了，不知该去厕所，还是在众目睽睽之下像老鼠一样钻到座席下面。最后他主动要求补了票，结果多花了两元钱的补票费，自认为得不偿失，以后再也没冒这个险了。

乘警押着几个落网的逃票者雄赳赳地走了过来。他看了一眼王锐，认为站在茶炉前的他有逃票的嫌疑，就吆喝他："把你的票拿出来！"王锐就去西装口袋里掏票，他记得检过票后，他把它放在那里了。可是翻来翻去，车票却踪影皆无；他便去翻裤兜，裤兜里也没有！他心下一惊：这票是不是挤丢了？王锐就低头看脚下，结果他看见的是橘子皮、瓜子皮和废纸，根本就没有车票，王锐急得喉咙发干，他张口结舌地对乘警说："我真的买了票！"乘警冷笑了一声，说："你们这套把戏我见得多了，跟我走！"在乘警盘查王锐的时候，那几个逃票的人迅速地逃了。乘警一看被押解的逃票者一个都不见了，就问坐在地上怀抱小孩的妇女："看见他们往哪儿去了吗？是往前面的车厢去了，还是去后面了？"那妇女说："我看我孩子的脸来着，没看那些人的脸，我怎么知道他们去哪儿了？"乘警就一挥手把火撒在王锐身上："跟我走！"王锐找票找得手忙脚乱，恨不能脱光了衣服干净彻底地寻一遍。乘警让他跟着走，他说："再让我找一找，我真的买了票！"乘警说："我逮住你一个，却溜走了五个！你跟那几个人是不是一伙的？你把我耗住，好让他们脱身？"王锐无限委屈地说："这可真冤枉人啊，我怎么跟他们是一伙的了？我与他们不认识！再说了，你这火车是一张网，他们几个是网里的鱼，庙在，和尚还能跑到哪里去呀？"他这一番话把乘警逗笑了。抱小孩的妇女也笑了，她说乘警："我看你连黑熊都不如！黑熊掰苞米，是掰一穗扔一穗，你呢，掰一穗扔了五穗！"她的话缓解了王锐的紧张情绪，王锐笑了，乘警笑了，聚集在茶炉旁的人也都笑了。好像这里有人在说相声，其乐融融。可惜笑声变不成一只只灵巧的手，能帮王锐找出车票，他只能垂头丧气地跟着乘警走。他们一直走到餐车，那里已有另外一名乘警在给几名逃票者补票了。餐车有空位，几个女乘务员聚集在一起叽叽嘎嘎地说笑，还有几个厨师在打扑克。厨师戴着的白帽子和穿着的白大褂像初春的雪一样肮脏。苍蝇在污渍斑斑的台布上飞起飞落，悠然自得。王锐坐下来，耐心地跟乘警说："我从来没逃过票，我向你保证！你给我几分钟时间，容我再找找！"乘警说："因为抓你，跑了五个人，我没让你补六张票就算不错了！快说，从哪儿上的车？到哪儿下？"王锐说："我在让胡路上的车，到哈尔滨去。"乘警吆喝补票员："给这小子补一张从让胡路到哈尔滨的车票！"王锐急了，他说："我要是没有买票，就让雷把我劈死！"乘警说："你也知道晴天没有雷，你赌什么咒？赶快补票，不然到了哈尔滨，把你弄到铁路派出所去！"王锐偏偏来了犟脾气，他一字一顿地说："我——没——逃——票！"乘警说："口说无凭，把票拿出来啊？！"王锐说："那你让我去趟厕所，我扒光了衣服，仔仔细细地找！"乘警说："你用不着去厕所扒光自己，就在这里扒吧！如今还上哪儿找处女和童男，人身上的那点零件谁没见识过，脱吧！"他的话让那几个女乘务员大笑起来，但她们没等笑利索就各提了一把钥匙离开餐车，看来前方又到一个车站了，她们这是去给自己负责的车厢开门。王锐觉得自己受到了莫大的侮辱，他咆哮着说："我真的是买票了，要是我真找不出票来，它肯定是丢了！"乘警笑着说："别激动，大过节的，高高兴兴的好不好？赶快补了票走人吧！"王锐心犹不甘，他记得没错，票确实放在西装口袋里了。他脱下西装，像考古学家打开墓葬一样，认真地察看那墓穴一样的口袋，结果他发现口袋开线了，车票滑落到衬里中了！所幸衬里的底线轧得比较密实，车票才安然夹在其中。当他终于把票如愿以偿地翻出来递给乘警时，王锐真是恨透了这件西装，他觉得它像汉奸一样把他出卖了。乘警见到车票，对王锐说："还真是冤枉了你！"见王锐委屈得像是要哭的样子，乘警又说："你就坐在这儿吧，不收你的座位钱了！"王锐可不想坐在这里，他想回到原先站着的地方。他要把车票给拥堵在茶炉前的乘客看，他没撒谎，他是清白的！王锐把西装搭在胳膊上，拎着包走出餐车。火车刚刚离开站台，车体晃得厉害，王锐也跟着摇晃着。等他回到原来的位置后，发现那个抱小孩的妇女已经不见了，不知她是下车了，还是找到了座位。而先前站着的人，也换了新面孔。只有那个锈迹斑斑的茶炉，还露着它那仿佛是饱经沧桑的老脸孔，迎接着他。

王锐本来就因为见林秀珊扑了空而心生懊恼，再加上车票的风波，他的情绪异常的低落。他想早知如此，还不如不对着镜头说那些假话呢，结果遭到工友们的耻笑不说，他为此换来的这个假日旅行又极不愉快。

前天中午，王锐正坐在工棚前吃午饭，工头把他叫出来，说是电视台来了两个记者，想采访一下打工者的待遇问题。工头说王锐形象好，口才也好，让他给建筑公司多美言几句，就说他们公司吃住条件都好，从未拖欠过打工者的工资，等等。王锐本不想给人当枪使，但工头趴在他耳边悄悄说了一句话："你说好了，我奖励你一百块钱！"王锐说："除了钱，能让我在中秋节时歇一天，我就去说。"工头一拍胸脯说："没问题！"于是王锐就被记者拉到工地旁。男记者扛着火箭筒似的摄像机对着他，女记者则拿着甘蔗似的话筒对着他。王锐虽然是初次上镜，可他却丝毫都不紧张。记者问他："你对恒基建筑公司给你提供的食宿满意吗？"王锐说："很满意，每天的菜里都有肉，馒头和米饭管够！住得也不挤，能伸开腿！"记者问："公司拖欠过你们的工钱吗？"王锐说："没有，我们过年时探家，都能拿到现钱。"记者又问："你喜欢当建筑工人吗？"王锐说："喜欢，因为我是在给人造安乐窝。鸟儿要是没窝，就得栖息在风雨中；人要是没窝，不就成了流浪者了吗？"采访顺利结束了，工头很满意，当即兑现给王锐一百块钱，允许他中秋节时休息一天。王锐就用这一百元钱给林秀珊买了条丝巾，又买了月饼和橘子，打算赶到让胡路给林秀珊一个惊喜，谁料林秀珊也会得到一个假日，突然来探望他呢！看来两个惊喜一交错，惊喜就变成了哀愁。王锐还记得昨晚工友们聚集在那台只有十二英寸的电视机前观看他接受采访的情景，王锐的图像一从晚间新闻节目中消失，大家就七嘴八舌地议论开了。有人说王锐当瓦工可惜了，他编瞎话的能力完全可以去当个昏官；有人说以后要是缺钱用了，就朝他借，谁让他说公司没拖欠过工钱呢！还有人说王锐的样子像某某某、某某某，而那些名字都是大家看过的电影中叛徒的名字。工友们的话就像蜜蜂一样蜇着他的脸，王锐只好为自己辩解说："我要不为他们说点好听的，公司还不得把我们都解雇了啊？咱们寄人篱下，就得嘴甜点！"工友们便不说什么了。可王锐却很难过，他暗想金钱和女人确实能拉拢和腐蚀人，一百元钱和林秀珊，就能让他堂而皇之地为别人唱赞歌。

　　王锐乘慢车返回哈尔滨时，林秀珊也满怀失落地踏上了返回让胡路的旅途。当她在中午十二点左右赶到王锐所在的道外的建筑工地后，她就跟两个往吊车上搬砖的民工说："你们能帮我叫一下王锐吗？"那两个人互相看了一眼，笑嘻嘻地说："王锐是谁呀？我们不认识！"林秀珊认得与王锐铺挨铺的杨成，她就说："那你们认识杨成吗？"那两个人依旧笑嘻嘻地异口同声地说："杨成是谁呀？我们不认识！"林秀珊以为来错了工地，正狐疑间，那两个人嘿嘿笑了，说："你是王锐的老婆吧？我们见过你，你来工棚找过他！可他今天不在工地！"一听说王锐不在工地，林秀珊吓得腿软了，眼晕了，她颤着声问："他出了什么事了？"两个工友相视一笑，其中一个说："他现在可是明星了，上了电视了！"林秀珊更是吓得心慌气短了，她想王锐又不是有身份有地位有财富的名人，他要是上了电视，还不是跟那些穷人一样，不是犯了法在"现身说法"，就是受了骗在痛哭流涕地"伸冤"。正当林秀珊心急如焚的时候，刚好看见杨成和几个人往楼上运预制板，她就奔过去喊住杨成："杨大哥，我家王锐究竟出了什么事？他怎么不在工地？"说这话时，她有些眼泪汪汪的了。杨成一见林秀珊，就"哎呀"叫了一声说："王锐看你去了，你们这是走岔了！"林秀珊说："你不要骗我，他怎么了？你们都在工地上班，他怎么不在？"杨成就简单地把王锐在电视新闻中为公司讲了好话，公司奖励他一天假期的事说了。杨成说："你赶快往回返吧，估计王锐早就到你那里了！"林秀珊说："你没骗我？"杨成说："我骗你干啥？"林秀珊就急急忙忙地乘公共汽车返回火车站，买了一张午后一点零五分的慢车票。她想王锐知道她来哈尔滨寻他不见，一定能猜到她会立刻返回。她不是在厂房门口等他，就是去他们常去的私人旅馆等他了。一旦知道王锐平安无事，林秀珊高悬的心就落下来了。她在站前快餐店吃了一碗炸酱面后，就随着蜂拥的人流通过检票口，走下地下通道，奔向她要乘坐的列车了。她算计着五点之前就能见到王锐。林秀珊不像王锐的运气那么差，她买到了座号，而且临窗，这让她暗自得意，她和王锐一样喜欢在列车经过江桥时眺望松花江。有一回她刚好看见落日浸在江水中，感觉这条如蛟龙的江仿佛衔着一颗灿烂的珠子。

列车在轻快的乐曲声中离开了站台。如果说林秀珊感觉让胡路站是个牲口棚的话，那么它只是一个小牲口棚，而哈尔滨站则是一个大牲口棚。八个站台上进出站的列车络绎不绝，汽笛声此起彼伏，仿佛驴叫马嘶牛哞狗吠鸡鸣的声音全都交汇到一起了。那橘红色车体的列车像一头头健壮的牛，银灰色的列车则像一匹匹雪青色的骏马。像她乘坐的果绿色列车，就像脾气温驯的羊。这趟列车是由哈尔滨开往图里河方向的，凡是始发站的列车都很干净，它们就像清晨刚刚梳洗完毕的少女一样，给人一种洁净、清爽的感觉。而那些长途跋涉来的过路车，则邋遢得像个老妪。

林秀珊所乘坐的两人座的对面还空着位置，她就调换了一下方向，这样她与火车行进的方向是同向了。有人坐反方向的列车会觉得不适，易晕车，林秀珊却不。但她还是喜欢与列车前行方向一致的座位，否则，列车虽在前进，你却有倒退回去的感觉。而且，反方向望风景时，你会觉得视野中的一棵树、一座房屋是由大变小，最后小得跟芝麻粒一样，让你怀疑自己行进在一个虚幻的世界，似乎什么都在飞速地奇异地消失。而与列车同向看风景，视野中的风景却是由小变大，由模糊变得清晰，风景总是在它最明朗的一瞬消失，给人一种真实可触的感觉。

　　林秀珊刚刚调换好座位，就见从车厢门口走过来两个人。他们同样的身高，但是一胖一瘦。瘦男人戴副眼镜，气质很好，看上去儒雅斯文，很有涵养的样子。不过他的双手被手铐扣着。胖男人看上去有四十多岁了，挎着一个黑皮旅行包，穿一件古铜色细条绒的衬衣，右唇角生了疮，就像粘着个烂草莓似的。胖男人拿出两张票，在林秀珊面前停下来，对她说："小姐，这儿是您的座位吗？"林秀珊的脸"唰"地红了，仿佛偷了什么东西被人逮住了似的，她连忙起身又坐回对面，说："我以为车开了没来人，这座位就是空的了，对不起啊。"胖男人说："没关系。"他让戴手铐的人坐在靠窗的位子，而他稳稳实实地坐在过道一侧，把旅行包放在腿上。瘦男人坐下来后，若无其事地把双手摆在茶桌上，就像故意展览那副手铐似的。胖男人问他："想去厕所吗？"瘦男人摇了摇头。胖男人又问他："渴吗？"瘦男人依旧摇摇头。胖男人打开旅行包，取出一条脚镣，吃力地弯下腰，给瘦男人戴上，然后拉上旅行包的拉链，将包扔在行李架上，连打了几个哈欠，似是疲倦到了极点的样子。林秀珊猜想戴眼镜的男人是被抓捕归案的犯人，而胖男人是个便衣警察。想想对面坐着个犯人，她有些心惊肉跳的，以致列车通过江桥时，她紧张得忘了看松花江。她不知道这男人犯了什么罪，杀人、强奸、抢劫还是诈骗？他看上去是那样的年轻和有气质，林秀珊很为他惋惜。

一名乘警走了过来。他到胖男人面前停了下来，说："老王，有没有需要我们帮助的？"被称作"老王"的胖男人"噢"了一声，哑着嗓子说："没有，一切都顺利。"乘警坐在林秀珊旁边的空位上，看了一眼瘦男人，对老王说："就他杀了两个人？真他妈看不出来！"老王笑了，说："按你的眼力，不该我押解他，应该他押解我才是？"乘警也笑了，说："差不多吧！人家像警察，你倒像囚犯！"犯人抖了一下手铐，不易察觉地笑了一下。

乘警和老王各点了一颗烟，又聊了一些别的，然后乘警离开了，而老王则眯着眼打起盹来。乘警离开时对犯人说："用不了多久你就该吃枪子了，再也不会坐火车了，你好好望望风景吧！"

林秀珊本想去别的空位，远离犯人，可她很好奇，这个人怎么会是杀人犯？他为什么杀人？她很想跟他说说话，可她不知道该怎样开口。而且，她担心她的询问会激怒他，他也许会举起戴着手铐的双手，把她的脑袋当西瓜一样砸碎。林秀珊一想到这个活生生的人即将被枪毙，她的身上就一阵一阵地发冷。她每望他一眼，都觉得那是一个鬼影。

便衣警察起了鼾声。他大约知道犯人手铐脚镣加身，是寸步难行，所以睡得很安稳。有几个乘客知道车上押解着一个死刑犯，就悄悄走过来看犯人。犯人也不介意，他很平静地打量那些看他的人。看他的旅客每每遇见他的目光，就吓得掉头而去。好像他的目光是匕首，刺伤了他们似的。犯人一会儿望望窗外的风景，一会儿又看一眼林秀珊。他看风景的时间长，而看林秀珊只是瞥一眼。他瞥林秀珊时，她感觉自己的肩膀仿佛被鬼拍了一下，凉飕飕的。

列车每停靠站台时，车厢就会骚动一刻。这时警察会睁开眼睛，茫然地看一眼犯人。列车重新启动后，他又会沉沉睡去。上车的旅客越来越多，空座就没有闲着的了。只有林秀珊旁边的座位仍然无人敢坐。有两个旅客刚坐下来，一望见茶桌上犯人那双戴着手铐的手，就如惊弓之鸟一样地离开了。这个座位也就仿佛成了皇帝的御座，没人敢坐。

林秀珊在火车上就根本没心思去想王锐了。她的意识中只有眼前这个犯人。有几次她清了清嗓子，想问他一句："你今年多大了？"可话到嘴边又咽了回去。犯人大约看穿了她的心思，每当林秀珊清理完嗓子后，他就会眨眨眼，冲她微微一笑。他的笑容让她不寒而栗。不是她怕犯人的笑，而是觉得这样的笑容很快会如空中的浮云一样消散，而为他惋惜得慌。林秀珊从未见过死刑犯，更别说与他们面对面地坐着了。在她的印象中，死囚大都面目凶残、丑陋不堪。她没料到他竟然如此文质彬彬。

林秀珊不习惯倒着看风景，所以每看一眼窗外，就有些灰心丧气。她已经不惧怕与犯人面对面地坐着了。她从行李架上把旅行包拿出来，打开，又开始摆弄里面的东西了。她首先取出闹钟，漫无目的地给它上弦。几分钟后，它突然"零零零"地叫了起来，警察被惊醒了，他在瞬间站了起来，去掏别在腰间的枪。犯人见状不由得笑了起来，这回他笑出了声。警察看了一眼闹钟，瞪了林秀珊一眼，说："我怎么听着像警铃声。"林秀珊也笑了。她的黄牙一定引起了警察的反感，他蹙了一下眉。林秀珊把这个调皮的闹钟放回包里。警察威胁她说："你别又给它定了时，过一会儿它再叫起来，我就掏枪打烂它的脑袋！"林秀珊心想，公安局给你配枪是让你执行警务的，你敢对闹钟开枪，还不得把你开除出公安队伍啊？林秀珊在放回闹钟的同时，把口琴取了出来。她抚摸着口琴的一瞬，王锐又回到她心头。她想他一定等她等急了。他中午吃东西了没有？她最担心他去吃朝鲜冷面，王锐胃不好，吃了冷面常胃痛。可他又偏偏喜欢吃这个。林秀珊计划着晚上和王锐去吃三鲜水饺，让他喝一碗滚烫的饺子汤。

　　林秀珊摆弄口琴的时候，抬头看了犯人一眼。她发现犯人的眼神变了，先前看上去还显得冷漠、忧郁的目光，如今变得格外温暖柔和，他专注而无限神往地看着口琴，林秀珊想他也许像王锐一样会吹口琴。也许他也像王锐一样用口琴赢得过姑娘的芳心。林秀珊见他这么爱看口琴，就想把它收回去，因为它属于丈夫，好像别的男人是不配看的。但她一想这犯人活不多久了，他愿意看，就让他看个够吧。她把口琴放在茶桌上，让他能仔细地看。犯人看着口琴，就像历经寒冬的人看见了一枚春天的柳叶一样，无限地神往和陶醉。林秀珊问他："你会吹口琴？"犯人点了点头，然后微微叹息了一声。林秀珊明白他的叹息来自手铐，吹口琴需要的是自由的手。林秀珊推醒警察，对他说："你给他把手铐打开一下，好吗？"警察横了一眼林秀珊，问："干什么？我好不容易把他缉拿住，你想把他放了不成？"林秀珊笑吟吟地举起口琴说："他想吹口琴，你就让他吹一下吧。"警察扭过头带着讥讽的口气对犯人说："你倒是真有本事啊，我迷糊了一会儿的工夫，你就把人心给笼络住了！"警察咳嗽了一声，复又眯上了眼睛。他的举动说明他不想擅自给犯人打开手铐。林秀珊本不想再请求警察了，可她实在不忍心看犯人望口琴的那种眼神：那么地向往，又那么地哀怜！她再次鼓起勇气推醒警察，说："你就给他打开手铐，让他吹一下口琴吧！不让他多吹，就吹一个曲子！"警察叹了一口气，对林秀珊说："你不是他什么人吧？"林秀珊郑重其事地强调说："我是王锐的人！"警察说："王锐是谁呀？"林秀珊笑眯眯地说："是我丈夫！他也会吹口琴！"警察问犯人："你真想吹这玩意儿？"犯人点了点头。警察仍然有些犹豫，林秀珊就鼓励他说："他上着脚镣，跟驴被拴在磨盘上有什么区别？哪儿跑去呀！"林秀珊很愿意用牲口比方事物，她的话把警察逗笑了。警察对犯人说："这也是你最后一次吹口琴了，就给你个机会吧！"警察从裤兜里掏出钥匙，把手铐打开。犯人的那双手像女人的一样修长细腻，只是这手没有血色。犯人先是活动了一下手指，然后才像抱刚出世的婴儿一样小心翼翼地拿起口琴，把它托在掌心，轻轻递到唇边。林秀珊的心紧张得提了起来，她不知道口琴会发出何种音色，它美不美？突然，那小小的口琴迸发出悠扬的旋律，有如春水奔流一般，带给林秀珊一种猝不及防的美感。她从来没有听过这么柔和、温存、伤感、凄美的旋律，这曲子简直要催下她的泪水。王锐吹的曲子，她听了只想笑，那是一种明净的美；而犯人吹的曲子，有一种忧愁的美，让她听了很想哭。林秀珊这才明白，有时想哭时，心里也是美的啊！警察大约也没料到犯人会吹这么动听的口琴，他情不自禁地随着旋律晃着脑袋，而车厢的旅客，都被琴声召唤过来了，他们聚集在林秀珊和警察座位旁的过道上，听得兴味盎然。一首曲子吹毕，犯人把口琴悄悄放在茶桌上，林秀珊注意到他的手指哆嗦不已。乘客们都没听够口琴声，大家都央求警察："再让他吹一首吧！"警察爽快地说："行，今天中秋节，你给大家献上两首曲子，虽然赎不了罪，也算是为人民服务了！"这样，犯人颤抖着拈起口琴，又吹了一曲。林秀珊常嘲笑王锐吹口琴的样子，说很像一个牙口不好的人在啃一穗老玉米。而犯人吹口琴的动作，倒像一个英俊少年在原野上吃一根碧绿的黄瓜，她似乎都闻到了一股清香味。他吹的第二首曲子同样的忧伤、缠绵、舒缓，如梦如幻。林秀珊注意到，犯人的泪水已悄然顺着脸颊滚落到口琴上，这口琴就跟被露水打过一般，湿漉漉的。一曲终了，乘客都鼓起掌来。警察虽然一副意犹未尽的样子，但他还是拒绝了大家的请求，把手铐重新给犯人扣上。那把沾染着犯人口唇气息和泪水气味的口琴又回到林秀珊手里。林秀珊觉得有些对不起王锐，她就拿着口琴去了洗脸池，用冰凉的水反复冲刷这把口琴。可是冲着冲着，她的泪水就下来了。当火车在不知不觉间停靠到让胡路站台上时，林秀珊甚至觉得这一段路程太短暂了。她在下车前对犯人说："你吹的口琴可真美。"她不知道警察押解着他会在哪里下车。犯人冲林秀珊点了点头，算是与她告别。他自始至终没有说一句话。林秀珊走到喧闹的站前广场的时候，竟有些怅然若失。她站下来定了一会儿神，脑海里才浮现出王锐瘦高的影子。

建筑工地永远是嘈杂不堪的。混凝土搅拌机的轰鸣声，吊车起降的声音，钢筋与钢筋的清脆碰撞声以及瓦刀修整砖坯的"嚓嚓"声等混合在一起，把人的耳朵弄得嗡嗡地叫。王锐在下三营子时，感受最深切的是乡村的宁静。进城三年来，他觉得最辛苦的还不是身体，而是耳朵。在工地，耳朵每时每刻都要受噪音的鞭打。以往在乡村，哪怕是一声牛叫，他都能真切地感受到，可在城市里，工作和生活的环境充斥了噪音，他反而对声音不敏感了。他这才明白，真正的声音存在于寂静之中，而众多的声音其实是一种没声音的表现。

王锐满怀希望地赶到建筑工地时，已是夕阳西下的时分了。迎接他的首先是那些噪音。王锐以为会见到林秀珊，她该像个乖女孩一样地等他，然而他失望了。她会不会听说他去了让胡路，而又乘车返回了呢？王锐一旦这样想了，就格外地心凉。他碰到两个工友，就问他们："你们见没见我媳妇呀？"工友则说："你没和老婆过一夜，就跑回来了？"王锐想林秀珊认得杨成，她找不见他，一定会向杨成打听自己的。王锐乘吊车上到顶层，找到了杨成。杨成一见他就大叫一声："你怎么跑回来了？我让你媳妇回去找你去了！"王锐觉得腿都软了，他有气无力地说："她怎么不知道在这儿等我啊。"杨成说："是我让她回去的！你现在赶快再返回去吧！我估摸着她早就该到站了！"王锐心灰意冷地说："这一天折腾下来，我觉得比上工还累！"杨成嘿嘿笑着说："晚上你把媳妇搂在怀里，乏也就解了！"王锐一想时间还来得及，就离开工地，乘公共汽车到了火车站，又买了一张去让胡路的车票。这回他很幸运，不但有座号，而且列车在他买了票十分钟后就进站了。王锐坐在相对整洁和敞亮的车厢中，想着三个小时后就会见到林秀珊，他的心境又明朗起来。

列车缓缓通过霁虹桥，在经过一片片灰蒙蒙的楼群后，铿锵有力地驶上了江桥。王锐这回没忘了眺望松花江，此时夕阳已经半沉，江面的一侧被橘黄的夕照笼罩着，另一侧却是沉重的灰色。这江看上去就仿佛是一个美少女在穿一件黄绸缎的袍子，只穿上了一只袖子，因而半江明媚半江暗。王锐觉得这样的江水反而有韵致。满江明媚让人觉得太艳，而满江灰暗又让人觉得压抑。只有这半明半暗地对比着，才让人觉得这江水魅力无穷。他甚至觉得他和林秀珊一直如此甜蜜，就是因为这若即若离的生活状态。他们独自生活着时，那就是"暗"，而相聚在一起时，则是"明"，明暗相交，总是让人回味无穷。

列车越走天色越暗，车厢的顶灯亮了，它投射的光线昏黄模糊，这样的光就给人一种苍老的感觉。王锐对面坐着两个男人，看上去他们素不相识，一个在一张纸上不停地写着数字，另一个则捧着一本杂志在看。看杂志的人不停抬头扫一眼王锐，王锐想我又不是字，你看我做什么？王锐的旁边，坐的是一位老太太，她一上车就靠着车窗睡了。她的睡姿很特别，两条胳膊不是放松着垂下，而是交叉着护着胸。如今戴套袖的人几乎看不见了，可老太太却戴着一副，因而很扎眼。一个穿着白大褂的胖女孩推着货车吱扭扭地来了，货车上有盒饭卖。王锐饿了，他花六元钱买了一份。他一般不喜欢买火车上的食品，它们不但难吃，而且价格很贵。比如他拿到手的盒饭，只有一撮拳头般大的米饭，旁边配着少许颜色黯淡的菜，就花掉了六元钱。而在车下，三元钱就足够了！王锐有些心疼地吃着盒饭，这时那个在纸上写了形形色色数字的人对王锐说："兄弟，随便给我说几组数字！每组七个数字！"王锐这才明白，此人是个"彩民"，正煞费苦心地编彩票号码。王锐笑笑，说："我没那个运气，你还是自己编吧！"那人说："求你还是给我说两注吧！"王锐见他如此恳切，就顺口说了两组数字。这两组数字他也曾买过，一个是他工地附近的公用电话亭的号码，一个是林秀珊在让胡路等他电话的那个电话亭的电话号码。可惜这两注号码连末等奖都没有中过。工友们大都有买彩票的爱好，他们总想碰碰运气，万一中了五百万元的头奖，不是一夜之间就成了富翁了吗！可惜没有一个人有那样的红运，除了拜泉县来的李为民中过一次三百元的四等奖外，大多工友投的注，都像阳光下的肥皂泡一样消散了。林秀珊从来不买彩票，她说一看到彩票机，就会联想到吃人的老虎。这老虎胃口很大，天天在吃人喂给它的东西，把很多未识破它面目的人给盘剥得一文不名。王锐就说彩票机不总是老虎，它要么不吐金子，要是吐，就会给一个人吐上一地的金子，中几百万元奖的不乏其人！林秀珊就一本正经地说："谁中了大奖，就说明让老虎给狠狠地咬上了一口，不会有好下场的！你想啊，人一下子得了几百万，不是因为钱分得不均了闹得夫妻兄弟不和，就是因为有了臭钱变得好吃懒做了，成了废物，这不是灾是什么？"

吃过盒饭，王锐觉得累，他把头向后仰，想眯上一会儿。他怕自己睡得沉，听不见列车员报站的声音，就问那个苦心琢磨彩票号码的人："你在哪儿下车？"那人问："干什么？"王锐说："我想眯一会儿，怕睡过去，听不见报站声。"那人打了一个哈欠，说："我也困了，眼皮都直打架了，我可不敢保证能叫醒你。"这时一直在看杂志的人对王锐说："你们安心睡吧，我在终点下车，到站了我会叫你们的。"他问王锐在哪儿下车，王锐说："让胡路。"又问那个彩民在哪儿下，彩民说："嫩江。"看杂志的人说："放心吧，我不会忘了叫醒你们的！"他那超乎寻常的热情让王锐顿起疑心：他是不是个贼呢？他听说，如今在火车上作案的贼不像过去那样在车厢间四处流窜了，他们会买上一张票，堂而皇之地坐下来，趁旁边旅客不备时，伸出黑手。得手后就近下车，没得手就仍然盘踞车上，等待猎物出现。王锐闭上眼睛伴睡，故意把旅行包放在膝盖上，并且装模作样地打起了呼噜。那个彩民也随之打起了呼噜。王锐听得出来，彩民的呼噜是真的呼噜。果然，一刻钟后，他感觉腿上的包在动，王锐睁开眼睛，见那人依然举着杂志在看，他想这双贼手真的比魔术师的手还要快呀！王锐想既然这贼发现他警觉了，一定会游荡到别的车厢去。他在这里没得手，就会把手伸向别处。王锐想不如叫来乘警，让他看着这贼，可又一想自己并没有抓住人家任何把柄，若被他反咬一口，岂不冤枉？王锐索性不睡了，他盯着对面的人，看着他不时地翻动书页，心想我看你怎么伸出贼手？天色越来越暗了，窗外的风景模糊了，谁忘了关厕所的门，一股尿骚味像癞皮狗一样流窜过来，令人作呕。列车减速了，王锐知道它又要停靠到站台上了。看杂志的人把杂志扔在茶桌上，站起来伸了个懒腰，对王锐说："唉，坐得我昏头涨脑的，到车门口透口气去。"说着，他朝车门走去。王锐想他也许是趁下车人员拥挤的时候，寻找被偷的对象。王锐推醒那个彩民，小声对他说："兄弟，精神着点！你旁边坐着的那个人，可能是小偷！我刚才装睡，感觉他把手伸向了我的包！"王锐的话音刚落，列车就剧烈颤抖了一下，停下来了。那彩民睡得香，嘴角的涎水都流出来了。他懊恼地对王锐说："唉，我在梦里中了五百万，正在银行领钱时，让你给叫醒了！"王锐说："梦又不是真的！我就不爱做美梦，我乐意做噩梦！"彩民打了一个哈欠，问："为什么啊？"王锐很认真地说："你想啊，你若是做了美梦，在梦中要啥有啥，醒来后却一无所有，难过不难过呀？可你要是做了噩梦呢，在梦里上刀山下火海地受苦受难，醒来后发现阳光照着你的屋子，没有那些可怕的东西，你感动不感动呢？"彩民嘿嘿笑了，说："你应该当个哲学家。"在他们说笑的时候，列车又缓缓启动了。车厢里走了一些人，又上来一些新旅客。王锐发现对面的人没有回来，就对彩民说："他知道自己露了马脚，可能溜了！"彩民说："溜他妈的去吧！这世道也就这样子了，吃喝嫖赌、打砸抢的，什么没有！"彩民发牢骚的时候唾沫星子四溅。这时乘警连同列车员查票来了，王锐提早把票拿了出来，先前不愉快的寻票经历还让他心有余悸。彩民也在找自己的车票。他将手伸向裤兜，王锐听见他惊叫了一声："糟糕，我的钱包？！"王锐说："你是不是放在别的兜里了？"彩民站了起来，急得像猴子一样抓耳挠腮。他把身上所有的兜翻了个遍，没有寻到，他就胡乱地拍打着身体的各个部位，叫着："出来吧，出来吧！"好像钱包是个与他捉迷藏的小孩子，一吓唬就主动跑出来了。结果直到验票的人站在他们的座位旁，彩民也没找出票来。列车员先是看过王锐的票，然后推醒老太太，说："大娘，看看你的票！"老太太展开胳膊，把手伸进套袖，取出一卷钱来，把它捻开，车票就夹在其中，她把票抽出来。王锐想这老人倒是精明，钱和车票都藏在套袖里，她又交叉着胳膊睡着，钱就跟落入保险柜一样万无一失。当列车员请彩民出示车票时，已急得满头大汗的他咆哮道："我的钱包丢了！我的票夹在钱包里！"男乘警微笑着说："你们这套把戏我见得多了，少啰唆，补票吧！"这话同上次列车的乘警奚落王锐时如出一辙。彩民说："我有票！我的票在钱包里，钱包丢了！"王锐说："一定是那小子干的！他肯定溜到别的车厢了，我认得他，咱们逮他去！"

王锐把看杂志的人在他装睡时要拿他的包的举动对乘警说了，并且指着茶桌上的杂志说："你看，这就是他看的书！"乘警这才将信将疑地跟着王锐和彩民挨个儿车厢地捉贼。他们花了半个小时从车头走到车尾，也没见那个贼的影子。王锐猜他早已中途下车了。没捉到贼，王锐和彩民悻悻回到原位。彩民说，他的钱包里有三百多块钱，还有四张总计二十注的彩票以及车票。他看了一下手表，十分沮丧地说现在正是开奖时刻，没准他会中了大奖呢，可他的彩票却是别人的了！这样一想，他就觉得丢的不是几百元钱、车票和彩票了，而是搬起来都会困难的五百万钞票！他如中了魔一样喋喋不休地说："今天我的彩票肯定中了大奖！天啊，我的五百万没了！天啊！"他愁肠百结、捶胸顿足，仿佛贼掏走的不是钱包，而是他的心。王锐见他如此失魂落魄，就劝慰了他几句，岂料他忽然站起来冲王锐叫道："都怪你，你知道他是个贼，为什么不提醒我一下？你只知道护着自己的包，你够人吗？！"说着，抬手就给王锐一拳头，打在他右眼眶上。王锐疼得"哎哟"惨叫着，用双手捂着脸。这彩民仍不解恨，又往王锐肩头擂了几拳，声嘶力竭地说："你赔我五百万，你赔！"坐在王锐旁边的老太太早已吓得躲到过道里，她叫道："快喊人哪，要出人命了！"一个又矮又瘦的旅客叫来了乘警。乘警一奔过来就呵斥道："怎么的，没抓到贼，你们俩倒掐起来了！"彩民本想再给王锐几拳头，见乘警来了，他就把怒火转嫁到乘警身上，照着他的下巴就是一拳，骂道："你们这些吃屎的货！铁路养你们这些废物干什么！你们养得跟懒猫一样，看着那些老鼠一样的贼不管不问，白白让我丢了钱包，你赔我五百万！"乘警在猝不及防中挨了一拳，气得火冒三丈，他老鹰擒鸡般地把彩民拉到过道上，伸出腿狠踢了那人几脚。彩民"哎哟"叫着，但仍没忘了嘟囔他失去了五百万的事情。最后彩民被乘警给带走了。

　　彩民走了，先前围聚过来看热闹的旅客又都回到原位了。老太太坐回王锐身边，她撇了一下嘴对他说："你让人把眼睛给打青了！看看你这八月十五过的！不是我说你啊，你干吗多管闲事？跟他提醒那一嘴干什么？怎么样，贼跑了，他拿你当替罪羊了！"王锐觉得眼眶火辣辣的疼，而且泪流不止。他真是悔恨极了！心想老太太说得确实对，他真不该跟那个疯子似的彩民进那一言。老太太又说："我看你得让那人领你去看看眼睛，你自己是瞧不见，肿得可厉害呢，万一打坏了可怎么办？眼睛多金贵啊！"老太太这一唠叨，王锐就更加地后怕，他想万一自己的眼睛被打瞎了怎么办？他可不想让林秀珊有个独眼丈夫。王锐使劲眨巴那只受伤的眼睛，让它飞快地转来转去，结果他并不觉得吃力和过分的疼痛，这让他略微心安。他想若是那彩民看他的眼珠这样转动，一定会以为是彩球在摇奖器里旋转，摘出他的眼珠也未可知。王锐捂住左眼，觑着右眼看周围的景物，结果他能看见邻座老太太手上的青色老年斑，能看清过道另一侧的男人跷着腿吸烟的情景。他又把头扭向车窗，结果他望见了原野上仿佛散发着奶油气息的微黄的月光，看来中秋的月亮已经悄然升起了。他知道自己的眼睛没受重伤，他为此庆幸不已。他从旅行包里掏出给林秀珊买的丝巾，看着丝巾上那一朵朵紫花，禁不住流下了眼泪。老太太见他落泪了，就惊叫着说："你是不是看不见这丝巾上的花了？你不能饶了那小子，让他领你就近下车，到医院查查去！"王锐想告诉她，正因为自己看得见丝巾上的花，他才流泪了。王锐平静了一番，起身到洗脸池去，他打算洗一把脸。然而拧开水龙头，却滴水未出。慢车的水龙头常常是这样，在列车始发后的一两个小时内，它能咧着嘴淌出水流，而过了几个站后，它就像哑巴一样闭上嘴了。王锐站在那里，忽然觉得自己站着的是下三营子逐渐沙化的土地，而水龙头则是已经干涸了的地根河。他抬头照了照洗脸池上方的镜子，虽然它被水渍和灰尘弄得肮脏、模糊，他还是看见了自己的脸。他的右眼眶果然青着，且微微浮肿。他想要是下车后见到林秀珊，她问眼睛是怎么回事，他一定不能跟她说实情，就说是在工地被砖头扫了一下。一想这样说更糟糕，他再去工地时，林秀珊还不得整日为他提心吊胆啊。干脆就说今天上车的人多，自己不小心磕在车门上了。

列车停靠在让胡路的站台时，月亮已经升得很高了。王锐想要是月光有消肿除淤的功效就好了，让他的眼睛能立刻恢复如常。他觉得这副面貌与妻子团聚，有些扫兴。

王锐猜测林秀珊已经在他们常去的旅馆的地下室等他了，他就没有去毛纺厂的宿舍，直接去了旅馆。

王锐是这家旅馆的常客，老板娘认得他。老板娘四十多岁，非常胖，手上戴着三枚金戒指，一有空闲就"咔——咔——"地嗑瓜子，看人时爱觑着眼睛。有一回王锐在清晨时离开旅馆，老板娘哈欠连天地从登记室走出来对他说："昨晚住在你们隔壁的人来退房，说是睡不着，你们把床弄得太响了！我就跟客人说，人家小夫妻十天半月的才在一起住一宿，能不多折腾一会儿吗！"说得王锐和林秀珊的脸都火辣辣的，就像是做了什么错事似的。他们跟老板娘说以后一定注意着点，可是又怎么能注意得了呢，他们一旦拥抱在一起的时候就变得疯狂了，睡在他们隔壁的客人也就仍有闹着要调换房间的。所以老板娘每次见到王锐，总要笑着说他一句："看着你挺瘦的，没想到力气倒是蛮大的嘛。"

王锐走进旅馆时，发现坐在登记室里的老板娘今天打扮得花枝招展的。她穿一件绿地粉花的丝绒褂子，一条宽松的黑裤子。她盘了头，脸上不唯搽了脂粉，还描眉涂唇了。她正和外号叫"小白梨"的女服务员嘀咕着什么。林秀珊对王锐说过，小白梨是老板娘养在旅馆的"鸡"，她的身份是服务员，可干的都是妓女的勾当，王锐就很看不起小白梨。小白梨其实并不漂亮，但她身材好，肤色白，看人时总是笑眯眯的，所以看上去还比较可人。

老板娘见了王锐，满脸都是笑容。她说："我猜今儿中秋，你们夫妻不会不来团圆的！"

王锐问："我媳妇来没来？"

老板娘说："没来呀！怎么，你没和她约好？没约好也没事，你先把房开了，回头再去找她！"

王锐说："那我得看看她在不在让胡路，她要是不在这儿，我开房间干什么？"

老板娘笑着说："你媳妇不在这儿也没啥，让小白梨陪你！"

王锐一边往外走一边说："我从来不吃梨！"王锐听见了身后的老板娘和小白梨爆发出的笑声。

老板娘鄙夷地说："一年到头只吃一种果子腻不腻呀？他不吃梨有人吃！"

小白梨说："看他今天眼眶都青了，没准要吃野果子没得嘴，让人给打了！"

王锐忧心忡忡地朝毛纺厂走去。他不停地打量过往行人，生怕错过了林秀珊。待他走到传达室门口时，值班的人认出了他，说："你媳妇回来了，不过又走了！"王锐有气无力地问："去哪儿了？"值班的人说："这我怎么知道！她出门时又没说去哪儿！你进去跟人打听打听去吧。"这回他没让王锐填会客单。

王锐拖着已经发酸的腿走到林秀珊宿舍，疲惫不堪地敲响了宿舍的门。宿舍没有亮光，难道里面没人？王锐持续不断地敲着门，并且大声问："秀珊，你在吗？秀珊！"王锐听见室内有了脚步声，但是灯仍然没亮。吴美娟的声音隔着门传了过来："王锐，真的是你吗？"王锐说："吴大姐，是我，你开开门，秀珊呢？"吴美娟说："宿舍的人都看录像去了，对不起啊，我就不开门了。"她停顿了一下，接着说："秀珊去哈尔滨找你去了！她在吃晚饭时从哈尔滨回来，我们告诉他你来找她，听说她去你那儿了，你就返回去了！秀珊一听说你回去了，她就又去哈尔滨了！你赶快再返回去吧！"吴美娟的话让王锐觉得身上一阵一阵地发凉，他觉得自己就像一个栽种了假种子的倒霉的农民一样，奔波劳累到最后却是两手空空。那一刻他心酸极了。他知道吴美娟这是和丈夫在一起。吴美娟的丈夫在林甸的农村，他每次来探望妻子，都不舍得住旅馆。他会花上几块钱让宿舍的其他人去毛纺厂附近的一家录像厅看录像，一张票只有两块钱，等大家看完录像回来，他们也就做完事了。吴美娟会把丈夫安排到男宿舍，与人凑合一宿。林秀珊为此看过好几次录像。她有一次悄悄跟王锐说，录像厅里净放些三级片，看着让人作呕。王锐就说："你要是有一天学坏了，我就揍塌吴美娟男人的鼻子！"林秀珊"咯咯"笑着说："他就是个塌鼻子！不用你去揍了！"王锐想吴美娟现在正甜甜蜜蜜地和她的塌鼻子男人聚在一起，而他和林秀珊奔波了一天却仍然天各一方，就觉得自己仿佛受了谁的嘲弄似的，不由得潸然泪下。

王锐摇摇晃晃地走出毛纺厂大门。他没有去火车站，而是横穿马路，到了林秀珊常等他电话的电话亭。街上的车辆比白天时明显少了，人行道上也是偶尔才见一两个人走过。人们大约都在家中吃着香甜的月饼呢。王锐看了一眼那轮皎洁的月亮，就受伤般地低下了头。他想这月亮既不属于他，也不属于林秀珊。这轮月亮对今夜的他来讲就是一个漆黑的空洞。他觉得自己是那么孤独无助。

王锐掏出电话卡，把它插进那个只露着一道缝的插口，下意识地拨了一下他工地附近的公用电话。半年以来的周五晚上，他都是在那里给林秀珊打电话的。上次林秀珊到哈尔滨看王锐，他们路过这个电话亭时，林秀珊还调皮地对王锐说："瞧，那不是咱家的电话吗！"这话险些使王锐落下辛酸的泪来。他想他作为一个男人实在太没本事了，他不能让妻子拥有一部自己的电话。他们的甜言蜜语不能在夜阑人静时悄悄地说，而必须在固定的时刻、在风中雨中雪中大声地说，这看似浪漫，可又是何等的辛酸和悲凉啊！

王锐握着被无数陌生人的手握过的发黏的听筒，听到的是一片嘟嘟的忙音。他猜那些回不去家的工友正在这个团圆之夜给家里打电话呢。工友们的家大都在贫穷的农村，几乎没有谁家拥有电话。但他们所在的村屯却有个别安装了电话的地方。他们就打给人家，让他们去喊一下自己的亲人，然后放下听筒，估计亲人到了，再打过去。所以有的人是打到养牛专业户家的，有的人打到村长家，还有的人打到小学校或者是开食杂店的人家。工友们在归乡时，在旅行包里就会多备一份礼物，是送给帮助接听电话的人家的。下三营子也有几部电话，不过林秀珊选中的是金六婆家的。王锐很讨厌金六婆，可林秀珊却不。林秀珊说金六婆又不是人贩子，非要把哪家姑娘推进火坑里，她不过就是为人说媒，她做的也是生意。金六婆家离林秀珊的娘家很近，两三分钟就可走到，这也是林秀珊会把电话打给金六婆家的一个原因。他们每年大约要往回打四五个电话。他们总是在一起时往回打，夫妻会轮流跟家人说上几句话。林秀珊的母亲那时就会用飞快的语速说话，而她平时是慢声慢语的。不等他们把话说完，她就率先放下了电话，她是怕他们花钱。林秀珊回下三营子时，就要为金六婆买一件礼物。金六婆喜欢吃和穿，林秀珊给她买的，除了点心就是衣裳。金六婆每回接到电话，总是热情地去叫林秀珊的家人。王锐仍记着金六婆为他说媒所引起的风波，所以对她总是没什么好印象，觉得她好逸恶劳、油嘴滑舌，不是一个正经女人。所以他本想打个电话问问家人的情况，但一想到要打给金六婆，也就打消了这个念头。

　　王锐又拨了一遍工地附近的公用电话，结果听筒里传来的仍然是急促的忙音。他认定电话亭前站着的一定是自己的工友，他想问问他们，林秀珊去没去过工棚？她在等他，还是又踏上了归途？

　　月光照着马路，照着树，照着那个冷清得没有一个人候车的公交汽车站。王锐看着路面上杨树的影子，觉得它们就是一片静悄悄开放的花朵。一辆只载着几个乘客的公交车驶了过来，跟着一辆出租车也驶了过去。它们轧在路面的花朵上。王锐以为花会窒息，可当车过去后，路面上那花朵般的树影依然活泼生动，清晰可人。王锐想自己要是这影子中的一部分就好了，那样林秀珊就能天天从他身上走过。他愿意让她秀气的脚时时踩着自己。

王锐伤感着，忽然，他听见电话底气十足地叫了起来。在夜晚，这铃声就像寺庙的钟声一样清凉、悠扬。王锐接过电话，"喂——"了一声。只这一声"喂"，林秀珊就听出了是丈夫的声音！王锐的声音，哪怕是一声轻轻的叹息，她都能准确无误地分辨出来。

　　"王锐，我知道是你！"林秀珊分外委屈地说，"我来找你两趟了，都扑空了！"

　　"我还不是一样?！"王锐的眼睛湿了，"我也来找你两趟了！我先前还以为你在旅馆等我呢，我去了，你不在；从旅馆出来我的腿都软了！"

　　"王锐——"林秀珊充满深情和疼爱地唤了一声丈夫。

　　"秀珊——"王锐也满怀怜爱和委屈地唤了一声妻子。

　　林秀珊说："我刚刚给家里打完电话。咱们两家的老人都挺好的！妈把咱儿子抱过去了，他在电话中还和我说话了呢！"

　　王锐问："咱儿子说了什么？"

　　林秀珊说："他说想爸爸想妈妈。他问爸爸妈妈吃月饼了吗。"

　　王锐说："你怎么跟他说？"

　　"我告诉他，爸爸妈妈还没吃月饼呢，要等他一起吃！我跟他说他吃月饼时望着月亮，就会看到爸爸妈妈。你猜咱儿子怎么说？他说爸爸妈妈没有翅膀，怎么能飞进月亮里？还说月亮里都是光，住在那里多晃眼呀！"

　　王锐含着眼泪笑了，说："他真聪明！将来肯定比他爸强！"说完，他才想起问妻子在哈尔滨的什么地方。

　　"就是你们工地旁边的电话亭——咱家的电话亭啊！"林秀珊

说，"我猜你找不到我，可能会在电话亭等我，我就来这里打电话。刚开始打没人接，我就往咱老家打电话。等跟咱儿子说完话，再拨那个电话，你就接了！"林秀珊的声音颤抖了，"咱一家人在电话中团圆了，我知足了！"

"秀珊，是你在那儿等我呢，还是我在这儿等你回来？我想你！"王锐四顾无人，又大声补充一句，"我想把你抱在怀里，亲你！"

"我也想你！"林秀珊说，"我不在这儿等你了，明天一大早我还得给人做饭呢。你明天一早也得去工地，就别等我了，回来吧！"

"那我们今天就见不上面了？"王锐伤感地说。

"我们可以在错车的时候相见。"林秀珊说，"你坐十点四十的那趟慢车，我坐十点五十的慢车，我们的车肯定能在中途相会！我站在车窗前，一准能看见你，你也能看见我！"

"可是火车一晃就过去了！"王锐说，"我又拉不着你的手！"

林秀珊说："我们乘的是慢车，慢车相会不会一晃就过去的，能看好几眼呢！"林秀珊还想说什么，电话突然间断了。王锐吓得手心都湿了，他想林秀珊是因为疲劳过度而晕倒了呢，还是碰上了抢劫犯或者是流氓？晚上十点左右的哈尔滨，即使是在繁华街道上，也是车稀人少了。王锐急得六神无主，脑袋嗡嗡直叫。但他很快醒过神来，连忙把电话打回哈尔滨的电话亭上。

"王锐——"林秀珊"咯咯"乐着，"我就知道你聪明，能把电话再打回来的！我的电话卡里的钱用光了！"

"吓死我了！"王锐说这话时，嘴唇仍有些颤抖。

林秀珊说："王锐，你没见到我，可别像老胡那样啊。你忍一忍，下次见面，我好好侍候你！"

老胡三十八岁，是王锐的工友，老婆孩子都在虎林的乡下。工友们一年半载也见不上老婆一面，有的按捺不住就去找暗娼，有的怕花钱或者怕染上花柳病对不起老婆，夜深时就常有人偷偷自慰以解寂寞。兴许老胡年岁比别人大些，不懂得压抑自己在快感时的叫声，有两次他在夜深时放肆地叫喊，把大家都扰醒了。以后工友们一见到他就爱笑，逗他："老胡，你的嗓子可真亮堂啊！"老胡虽然五大三粗的，但他脸皮薄，从此后他就不与人说话，而且在工地干活时常常出错。终于有一天他砌歪了一面间壁墙，早就看他不顺眼的工头勃然大怒，把他给解雇了。老胡只得卷着行李回家了。王锐记得他当时跟林秀珊讲老胡的故事时，林秀珊哭了。她紧紧地抱住王锐，说："我会常看你去，你可不许学老胡，让人耻笑！"

王锐想起老胡，心里疼痛了一下，他说："我不会像老胡似的！能听见你的声音我就知足了！"

听筒里传来的是林秀珊的笑声。她的笑声跟少女时一样的温存甜美。林秀珊说："王锐，我给你买了一样东西，你猜是啥？"

王锐不假思索地说："是腌肉。"王锐爱吃让胡路夜市老葛家做的腌肉，他以为妻子给他买的一定是它。

"你就认得肉！"林秀珊嗔怪地笑了，说，"一会儿我在火车上举着它，你就知道它是啥了！"

"我老想着你，当然要往肉上猜了！"王锐说。

林秀珊说："你没娶我时，就不会往肉上想了？"

王锐笑了，他说："我也给你买了一条丝巾，你猜猜它是啥？"

林秀珊笑得更加响亮了，她气喘吁吁地说："你都告诉我是丝巾了，还让我猜什么呀？！我看你是坐火车坐糊涂了！"

王锐说："咳，我真是糊涂了。没老就糊涂了，你还不得把我给蹬了呀？"王锐边说边看着电话机上的 IC 卡的通话余额显示，他发现只剩下四毛钱了，他们只够再说一分钟的了。他大声地说："秀珊，我的卡里也没钱了，一会儿电话自动断了，你可别为我担心啊！"

林秀珊说："我知道。"

王锐很想在最后的一分钟里说些重要的话，可他大脑里一片空白，什么也想不起来。而林秀珊也如他一样沉默着。王锐能听见工地传来的隐隐的搅拌机工作的声音，而林秀珊听见的则是一辆汽车疾驰而过的"唰唰"的声音，就像风声一样。他们的通话就在这两种声音的交融中自动断掉了。

林秀珊和王锐各自踏上了一天中最后的归途。他们几乎是在同一时间到达了火车站。林秀珊买过票，通过检票口的时候，发现候车的人少得可怜。大多的列车到了午夜时分就像牲口棚里的牲口一样歇息了，偶尔经过的几列慢车，就像几匹吃着夜草的马一样，仍然勤恳地睁着它温和的眼睛。林秀珊在通过地道的时候，觉得自己在瞬间与中秋的气氛隔绝了；而当她走出地道，又能望见月亮的时候，她才觉得节日又像个撒娇的孩子似的滚到她的怀抱。

车厢里空空荡荡的。林秀珊见到处都是空座，她就选择了靠近窗口的座位。她要透过窗口和王锐相会。她不知道是三人座这侧的窗口能与列车相会，还是两人座那一侧的，所以列车启动后，她就一直透过车窗看双轨线上另外的铁轨在哪一方，她确定了是在两人座那一侧的，于是就安心地坐了下来。她估计与王锐的相会，大约要在一小时之后。林秀珊打开旅行包，抚摸着那只没有派上用场的闹钟，就像怀抱着一只顽皮的小兔子一样，满怀爱心地对它说："你好好睡吧，明早不用你叫了，给你省省嗓子。"她又拈起那条床单，深深地嗅了一下，那上面残存着的王锐身体的气味使她的内心充满了温情，她对床单说："你身上有我男人的味儿我不计较，要是别人身上有他的味儿，我就撕烂它！"林秀珊又轻轻取出口琴，从口琴中坠下几滴水来，凉凉的，看来她先前在列车上冲洗口琴时，没有把它擦拭干净。她想起了犯人的那张脸，想起了那与众不同的琴声，情不自禁地微微叹息了一声。她想犯人早就该到目的地了，当他戴着手铐走下列车时，他会想起这把口琴吗？

当林秀珊选择好了相会的座位时，王锐也在忐忑不安中找好了座位。王锐到了火车站才发现自己只剩下十二块钱，根本不够买返程车票的了。他只得买了张站台票混上车。他没料到今天要乘四次火车，没带多余的钱。

王锐所乘的列车是由图里河方向驶来的，它走了十几个小时的路了，因而看上去尘垢满面。车厢的过道上遗弃着果皮、烟蒂、花生壳等东西，茶桌上更是堆满了空啤酒瓶、鸡骨头、瓜子皮、肮脏的纸巾、糖纸等杂物。车厢的座位空了多半，大多的旅客都睡着了。王锐想在这样的环境中逃票会很容易。只要他远远看见乘警来查票了，就一纵身钻进三人座席下面，反正大家素不相识，没什么不好意思的。从列车的肮脏程度他能判断出，列车员至少有几个小时没来打扫了，他们也许正聚在餐车里喝酒赏月呢。如果真是这样的话，乘警也不会出来查票的。

王锐选择的座位，它旁边的窗口相对明亮些。不过王锐还是怕看林秀珊时会不真切，他就用袖子当抹布，把它蹭了又蹭。他周围的座都空着，只有过道的另一侧，有一个妇女和一个孩子。妇女垂头织着毛衣，边织边打哈欠，而那个六七岁模样的男孩，则举着一支玩具枪，一会儿对着窗口比画一下，一会儿又对着车厢入口处悬挂着的列车时刻表比画一下，口中发出"叭——叭——"的声响，模拟着子弹飞溅的声音。他玩了一会儿，就要跑回来央求织毛衣的妇女："妈妈，给我一颗子弹吧！"织毛衣的妇女就会说："不行！没看这里的人都在睡觉吗？要是把谁给打醒了可怎么办？"男孩说："我不打人，我打空座！"妇女说："不行！你看谁像你，半夜三更的不睡觉，还在这儿淘气？"

列车行进了大约一小时二十分钟后，王锐站了起来。他估计和林秀珊相会的时刻快到了。果然，十几分钟后，他发现对面有列车驶来。他紧张地盯着那一节一节划过来的列车。在夜晚，列车看上去就像首尾相接的荧光棒，把夜照亮了。王锐发现对面的列车与他所乘坐的列车一样空空荡荡，这两列车就像两个流浪的孤儿一样在深夜中相会。王锐终于发现有一个窗口前站着一个人，他一眼就认出那是林秀珊！她笑吟吟地举着一样东西，看上去像节甘蔗。她近在咫尺，却又遥不可及！王锐真想号啕大哭一场！突然，他觉得背后被什么东西猛地击中了，他不由自主地栽歪了身子，回头一望，只见那个男孩举着玩具枪带着得胜的神色笑望着他。原来他妈妈耐不住他的央求，给了他一颗橡皮子弹。他毫不犹豫地把它射在那像靶子一样立在窗口前的王锐的后背上。

林秀珊只望了一眼王锐，就发现他栽歪了身子。她不知他是累得突然昏倒了，还是出了其他的事。她想看个究竟，可是王锐所停靠的窗口离她越来越远了，她什么也看不见了。而王锐在懊恼中站直身子再眺望窗外时，林秀珊所乘的列车已经像一条蛇一样地溜掉了。他不明白慢车为什么会消失得如此之快？最后他终于悟出了，他不该把慢车当成窗外的风景，因为风景是固定的，而慢车是运行着的。两列反方向运行的慢车在交错时，慢车在那个瞬间就变成了快车。他们在相会的那一时刻，等于在瞬间乘坐了快车。

月亮就像在天上运行着的独行的列车，它驶到中天了。不知这列车里都装着些什么，是嫦娥、吴刚和桂花树吗？这列车永远起始于黑夜，而它的终点，也永远都是黎明！

向着白夜旅行

两封关怀来信

那个住在"鸡屁股"底下的中年男人的来信使我感受到了中国式的求爱。他首先大谈特谈了一番土拉故的天气和环境，诸如八卦式的古堡群，蓝色的充满鱼群的河流，出其不意出现的牦牛、羚羊、麋鹿群等，然后笔锋一转漫不经心却又是精心炮制地写道："上周马孔多携一年轻女子来土拉故，他们在这儿住了五天。我安排的食宿，现在他们已经去新疆的喀什了。"

读到这里我微微一笑将信撕成几条，让它们到肮脏的废纸篓去享受夏日浑浊的燥热。

接着再拆另外一封来信，是读者来信，便盼望从中看到赞许的话使自己改变心情。撕开封口，费力地拽出十几页薄如蝉翼的纸，翻了三页却只字未见，一时恍惚自己什么时候加入了特务组织，需要一种特殊药水的浸润才得以使字迹显现。第四页、第五页、第六页仍然是空白，空白得让人不知所措。第七页充满神秘。第八页有一股死亡之气从幽玄的地狱之门横溢而出……经历了十二页漫长的空白，如同走过了拒绝敞开的十二扇门。第十三扇门心怀鬼胎地拉开一条缝，里面的人恶作剧地说：祝你经期愉快！

六个歪歪扭扭的字带着一个古怪的惊叹号在第十三页上龇牙咧嘴地望着我。信封上没有详址，从规规矩矩的邮戳上可以认出它的发源地是洛阳。洛阳纸贵。洛阳有让人百看不厌的石窟。当然，还有被武则天贬出京城在异地蓬勃兴起的牡丹。此外，还有微黄的河水，河上的涟漪和落雁。

除第十三页纸被掷进字纸篓，其他十二页美丽的白纸全部被我收留了，毕竟从古到今好东西都让人难以割舍。

六月中旬了。天气预报图上的全国各地气温持续上升。电风扇彻夜开着。卖冷饮的生意可真红火。我下了过水面，吃得汗涔涔的。饭后，已是十九点了，落日还悬在西天拖泥带水地不肯下去，我心烦意乱地抓过一本书，打算在阅读中沉静下来，可文字第一次对我失去了镇静作用，我便求助于那本被翻得破烂不堪的世界地图册。是谁第一个把中国版图比作一只报晓的雄鸡的？我觉得比喻成母鸡更吉利，母鸡可以下蛋，这意味着一种创造，而公鸡的叫声却华而不实，再动听的叫嚣也比不上稻米、水、柴、蔬菜更有助于人类。按照那个蹩脚的比喻，土拉故就是这雄鸡屁股下的一个小镇。而我则住在鸡头上，哈尔滨，对于冬天来说这是个极其动听的名字。

土拉故到哈尔滨，如果从中画上一条直线的话，简直可以说是将这只雄鸡当胸斩为两截。它的直线距离何其遥远，信在路上整整走了九天。

这地图是我上高中时作为考大学的地理教材所备下的，所以某些地名旁边加了许多注脚，如在菲律宾旁边天蓝色的太平洋上我记着："以农林产品加工业为主。盛产椰子、水稻、烟草、甘蔗、玉米。"而另外一些地方则写着港口科伦坡、卡拉奇、孟买、马德拉斯等的概况。在这册地图上我使用频率最高的词是：水稻、玉米、石油、天然气、橡胶、胡椒、茶叶、花生、蓖麻子、小麦、地毯、黄金、金刚石、铁、铬、白银、石棉，等等，它们全是物质的。

浏览地图可以使人产生丰富的联想。比如我看到印度，我就来到这个国家的街道了。美丽的女人打着赤脚到河边汲水，裙子拖得很长很长。我还看到了亚马孙河流域长势不错的庄稼。哦，还有撒哈拉大沙漠上的骆驼和旅人。当然，伦敦的老式街道经常雾气弥漫，埃菲尔铁塔跟雪茄烟一样充满了燃烧的魅力。想入非非是我独身生活的一大癖好。

打开电视，《世界各地》节目正在播放"吉尼斯世界纪录"。那个头发斑白但魅力十足的男主持人像以往一样手持一本厚厚的书朝我们走来，他置身的环境看上去是座旧房子，充满了博物馆的气息，壁炉里熊熊燃烧的炉火显得暖意融融。主持人在介绍美国威斯康星州的一次飞行表演，我的眼睛却始终没有离开炉火。就在我凝神关注炉火的那一瞬间，马孔多猝然破门而入，微笑着向我走来。一个念头突如其来地跃出脑海，而且坚定不移：我必须同马孔多一起到漠河去看那个只有夏至才出现的白夜。

那个日期应该是六月二十一日。

马孔多拒绝上船

我出其不意的旅行决定并没有使马孔多吃惊，他坐在角落的沙发上吸着烟，腿跷得很高，那布满浓密汗毛的腿使人联想到他来自不毛之地。他的眼睛有一刻眨来眨去眨个不休，仿佛在算计我会不会在出发前夜改变主意。他自认为很了解我反复无常的性格。

六月十六日黄昏，我买到两张开往大兴安岭中心城市加格达奇的硬卧车票。马孔多一声不吭地跟着我回了家。我将两张车票在他面前一亮，他讳莫如深地笑了。离开车时间还有三个小时，我们有充足的时间做一顿丰盛的晚餐，然后将地图册、蜡封的火柴（我总是担心会落水）、香烟、两套干净的内衣内裤、望远镜、各种必备的药品、手电筒、避蚊油、檀香扇、纸笔等装进旅行包。做完这些，我开始关闭门窗、切断冰箱的电源、检查水龙头和煤气是否安然无恙，然后才小心翼翼地揣好钥匙，招呼马孔多上车站。

我的房子位于哈尔滨南岗区革新街一带，它比邻文昌街、奋斗路，沿街是累累的商行店铺，建材商店、副食商场、酒店、粮油店、汽车修配厂、银行、电影院、农贸市场、音像发行部、电脑商场、美容院、表店、鞋店，等等等等，不一而足。搬到这里时正是秋天，站在阳台上，可以看见街两侧金黄色的落叶，省图书馆那古色古香的建筑也近在咫尺。天高云淡，正是北方封窗腌菜预备过冬的时令。分到住房的那种卑微的满足使我忽略了窗外的喧闹。然而生活走上正轨后，我才发现正置身一个温柔的陷阱。奋斗路上车流如潮，消防车、救护车和警车那刺耳的叫声经常性地响起，还把窗棂震得"咣咣"地响，即使入夜也不得安宁。许多纪念碑似的大烟囱在漫漫冬天里无休无止地喷出浓烈的黑烟，阳台上尘垢遍布，空气坏极了。尽管如此，我仍然固执地坐在窗前凭借音乐做灵魂的漫游。然而进入五月以来，随着暑热来临而拉开窗户，我感受到了喧闹对一个人真正的煎熬。音乐的最大音量也消除不了外界的干扰，已经有一个月的时间我像白痴一样坐在令人窒息的屋子里翻来覆去地看已经看了千万遍的画册，无所适从。

能在这种穷途末路的时候离开哈尔滨，是我梦寐以求的，更何况向北的旅途又有马孔多为伴呢。

发车时间是十八点四十分。火车很老实地驶过霓虹桥，我看见了不停变换颜色的信号灯。乘务员小姐带着假笑过来换票，我领到了两枚铁质的硬卧乘车证。我们的铺位一个是九号下，一个是九号中，我让马孔多睡下铺。马孔多喜欢望风景，对这个建议他欣然从命。我将旅行袋扔到行李架上，沏了杯茶坐在他身边。火车已经接近松花江大桥了，铁灰色的桥似巨幅屏风一样张开。松花江北岸有徒有虚名的太阳岛，江心岛搭起了许多五颜六色的帐篷，有人在垂钓、划船，但更多的人则在浑浊的江水中游泳。江风习习，可以望见江岸斯大林公园里如织的行人。我对松花江在这个季节中的备受蹂躏充满同情。那些受不了超过人体体温酷热的南方人带着时髦的粤语来到这里避暑，他们来自广州、福州、成都、武汉、长沙，甚至香港和澳门，他们乘火车和飞机来，汗臭味袭击了这城市形形色色的宾馆。很多机敏的商人一边歇伏一边把手伸向北方人那防备薄弱的钱袋，大笔大笔地做着生意。

火车已经驶向郊区，我才对马孔多说："刚才那条江就是松花江。"

马孔多耸耸肩，付之一笑。同乘的一些旅伴则对我示以怪异的目光。

车到卧里屯时，太阳已经消失了，窗外的景色有些荒凉。一些采油树在荒原上单调地点着头，永无休止，像是在向上苍叩头祈求洪福和超脱。西边天上有几缕血红的云霓，乘务员催促旅客归铺休息，说是熄灯的时间到了。我倒掉残茶，在洗脸池刷了牙，和马孔多道了声"晚安"就上了中铺。大平原上凉爽的风将我梳理得舒舒坦坦，魂坠梦乡。大约是子夜时分，忽听下面传来服务员尖厉的呼叫声："九号下是谁？九号下呢？有没有人？"

九号下？马孔多。我坐起来对乘务员说："九号下是我的朋友马孔多的铺位。"

"他人呢？铺上怎么没有人？"乘务员的声音听起来就像被饼干噎着了似的喑哑不堪。

"瞧，他睡得正香，别把他吵醒。"我说。

"九号下根本就没有人，你仔细看看。"

"我说过了，马孔多就睡在那里，你也仔细看看。"借着车厢过道昏黄的壁灯，我见马孔多侧着身，睡得相当投入。

乘务员一屁股坐在九号下铺的边角上（幸亏马孔多蜷着腿，否则会被她给惊着），誓不罢休地命令我："把你们的乘车牌拿出来让我看看。"

火车经过一个小站，月台上昏黄的光散漫地流进车窗，我满心不悦地将两块铁牌拿出来交给她。她看过之后低声问："你没有不舒服吧?"

"我很好,如果你不吵醒我的话。"

"这样吧,你的确拥有这张空铺,现在有一个孕妇需要休息,她把铺钱如数给你,如何?"

"请注意看清了,那根本不是一张空铺,而且马孔多也不需要和一个孕妇同床共眠!"我的声音大了起来,乘务员不再争执,她满面狐疑地走了。过了不久,她领来一个男乘务员,两个人在我脚跟前嘀嘀咕咕了半晌,然后鬼鬼祟祟地离开了。我不放心地看了马孔多一眼,他睡得的确很香,那双惯于嘲弄人的眼睛偃旗息鼓了。

加格达奇是座山城,周围的山却少见树木,可以说是被秃山围绕。从地图来看,它划归内蒙古自治区境内,但行政归属黑龙江。二十年前乃至十年前,输送到全国各地的优质落叶松源源不断。早晨七时许列车靠向站台,我换好车票,招呼马孔多一起下车。在车门口,面目浮肿的女乘务员挑衅地问我:"你那位叫马孔多的朋友呢?"

我说:"他就在我身边。"

"可他彻夜未归,你白白浪费了一张铺。"

"他对我说他昨夜在九号下铺休息得很好,他还梦见列宁了。"我冲她摆摆手,"你没梦见过大人物吧?"

"我梦见过毛主席。"她说话时,大兴安岭的晨光将她的脸涂抹得一派粲然。

我和马孔多在福泰顺饭馆吃了水煎包,我还喝了一听啤酒。马孔多在吃东西的时候吸着烟,紧皱着眉头,那样子像是被我给绑了票。我对他说,我们马上换乘八点四十分开往古莲的火车,他点点头。我接着又说，不过我们不在终点下车，离二十一号还有几天时间，我打算到塔河下车坐长途车去呼玛。马孔多抽了一下鼻子，也许他是不适应大兴安岭的冷空气。他那副看似任人宰割的无所谓态度使我的敌对情绪勃然而起，"你在陕西乾县同个寡妇风流了一夜，又在西双版纳幸会了一个傣族姑娘，当然还有土拉故和喀什——别以为我什么也不知道。"

马孔多垂下头，仿佛真是犯了错误似的。我继续攻击他，使他不得有分辩的机会，"当然，你肯定要说作为一个考古学家，去陕西那个到处是秦砖汉瓦的省是必要的，西双版纳也有恐龙化石，而土拉故和喀什，是否有木乃伊？"

马孔多对于我喋喋不休的数落向来报以沉默。"别扮成无罪的羔羊了，别说大兴安岭不值得你来一趟，说不定你会在漠河发现一座有着彩陶和丝织品的远古墓穴呢。"

马孔多和我走在有些空荡的大街上。街面很宽，有个脏兮兮的老头在遛一条比他还脏的狗。站前广场的栏杆后停着为数不多的"拉达"出租车，还有一些捎脚的马车。几位妇女穿着花里胡哨的衣裳在兜售水果、面包、香肠和茶鸡蛋。一家小小的录像厅前竖着一块黑板，上面用红粉笔写着《江湖义胆》《摧花狂魔》《街头笑卖情郎》等录像片预告。马孔多把目光放在《摧花狂魔》的片名上，一股本能的喜悦迎合着这致命的诱惑。如果不是时间过于紧张的话，我会让马孔多遂心所愿的。

我们登上火车，车厢很空，座席极不洁净，厕所发出的恶臭令人反胃。我依然让马孔多坐在靠窗的位子。车窗敞开着，可以看见铁路两侧低矮破旧的房屋和夹着障子的菜地。火车过了一个阴森森的桥洞后，我和马孔多同时望见了郊外山顶上的坟场。坟场上野花繁盛，马孔多觑着眼看了我一眼。

我说："再过五千年，这里将是一个大的考古场，那时会有像你一样热衷考古的人来这里发掘墓葬。那时候电视机的残骸、铝合金的窗架、易拉罐、磁化杯都成为文物了。"

马孔多对我对他工作所持的不友好态度表示出了某种反感，他从T恤衫的口袋里将变色镜拽出来，架在鼻梁上。其实这蛮好，相安两无事，我也懒得看他了。

从车窗外灌进来的风有一股清香的植物气息。天气真不错，一碧如洗。火车经过的地名都与森林有关，松树林、翠峰、林海、新林、翠岗等，但也有比较文化一点的如"大扬气"和"小扬气"。从面积上来讲，大扬气不大，小扬气不小，美丽宁静的多布库尔河就从小扬气镇穿过。

"喂，马孔多，别睡着，当心口斜眼歪。"我见他打瞌睡了，就摇他的手臂，那手臂有些凉。

马孔多用手摸了摸眼镜腿，有些口吃地说："到塔河再叫醒我。"

虽然如此，我仍然很满足，马孔多毕竟又同我坐在了一起。我将头靠在他肩膀上，一般来说马孔多对于女人的亲昵举动总是报以更热烈的回应，但这次他却无动于衷，他是打定主意和我对抗到底。

塔河是个乱糟糟的小城镇，大约有十万人口，是凶杀案发案频率最高的一个小镇，有一家海外电台称它为"杀人魔城"。我们走出乱哄哄的出站口时正撞见两个手持铁锹的民工在吵架，一个骂"我×你八辈祖宗"，另外一个骂"我宰了你全家"，吓得我拉起马孔多的手朝东边的长途汽车站飞速跑去。大概是刚下过一场雨吧，小路泥泞不堪，那些废纸、烂菜叶的垃圾堆随处可见，绿头苍蝇乐在其中，手舞足蹈。马孔多已经取下眼镜，他那双多变的眼睛正盯住汽车站门前一个背着大包袱的肥胖的中年女人。那女人宽肩厚臀，阔嘴红脸，似匹结实的母马，马孔多一路的不开心立刻被席卷一空。他情不自禁地朝女人走去，我抢先一步问："大嫂，你这是去哪儿？"

"哈尔滨。"女人吐了一口痰，用脚擦了。

"你这是从哪儿来？"

"韩家园子。刚下长途车，俺男人撒尿去了，俺等他。"

"瞧，她与我们的方向正好背道而驰。"我对马孔多说，"他们要去我们来的地方，而我们要去他们离开的地方。"

说话间，一个头发稀疏衣着古板的干瘦男人从厕所走了出来，马孔多嫌恶地掉头而去。我跟在他身后幸灾乐祸地说："请别说这是庸俗，那女人不过是个小巷子里腌菜的大字不识的女人，不值得你失望。"

马孔多的脚步又轻又快，我听到了他的叹息声。

我们搁浅在塔河，去呼玛的长途汽车第二天凌晨才出发。买了车票，便寻旅店。马孔多背对着我，不知想什么。对于塔河，我有一种似曾相识的感觉，荣兴清真饭馆那蓝色的幌子和京京茶馆的门脸我都很眼熟。为了上车方便，我们就住在汽车站旁边的艳艳招待所。我包了一间屋子，三十元钱。屋子里有一对破烂不堪的沙发，三张吱嘎乱响的木板床（马孔多对床很挑剔），一个掉了搪瓷的花脸盆，三双蓝色泡沫拖鞋，此外还有一台十二英寸的黑白电视机。

一进门，马孔多就倒在一张靠窗的床上蒙头大睡。我洗漱一番，招呼他吃饭，他固执地将背对着我面壁沉思。

"其实，我包房子是为了让你充分休息。你别怕，我不让你与我同床。"我以为对马孔多解释这些是必要的。

结果我一个人到一家肮脏得无法形容的小饭馆吃了碗油腻腻的水饺，回到房间躺在床上有些头重脚轻。马孔多已经睡了，他的呼吸如此均匀，他脸部的毛孔微微张开，像是一个沉睡的婴儿。

长途汽车发车时间是六月十八日凌晨五时。殷勤的太阳已经升得很高了。汽车穿过灰扑扑的寂静的大街，可以望见几幢瓦灰色的楼房和路两侧零零落落的杨树。几头山羊在学校的栅栏外啃嚼青草，一架淘粪车吱吱扭扭地驶过马路。马孔多坐靠窗的位子，一副大病初愈的样子。汽车爬上了土黄色的狭长的高坡，树木繁茂起来，野菊花、山芍药、百合花到处可见。车过永安的时候，就像通过一个古战场遗址，我没有见到一个行人，倒是某些房屋上笔直的炊烟泄露出这里仍有人烟。这时我心底响起一个尘封的地名——大固其固，这个令人费解的名字似乎曾经笼罩过我的生活。回忆使我疲乏，而努力唤醒某种东西的欲望又令我心烦意乱。

我们朝十八站而去。十八站，是鄂伦春人的聚居地，也是古黄金驿道上一个重要驿站。据说当年慈禧太后为了去金矿，从齐齐哈尔出发，每歇息一处就设立一个驿站。所以现在许多地名还沿用十八站、十九站、二十一站、二十三站等。二十多个驿站，想必黄金之路的征程极其漫长。那时候交通诸多不便，我能想象到一顶皇家小轿被许多苦力抬起朝茫茫林海进发的情景，很威风也很凄凉，他们大概要走一两个月。

车到十八站的时候，一位妇女上来了。她大约四十多岁，面目粗俗，颧骨高耸，一双呆滞的眼睛向外突着，有点呈甲亢状态。她带上来两条咸鱼，大概是鱼才从坛子中取出不久，咸水滴答出篮子，腥味四处弥漫。她自称晕车晕得厉害，要坐在靠窗的位子，她同那个可恶的列车员一样盯上了马孔多的位子。

"我就坐这儿了，这儿空着！"她惊喜地大叫着，人就朝我斜冲过来，肥粗的腿就要跨过我去侵犯马孔多的利益。我一把将她挡在外面，说："对不起，已经有人了。"

"人？连个蚊子我都没见着！这人在你的肚子里转筋了吧？"她的话令一些打瞌睡的人醒了，他们发出了口吃般的笑声。

我推了推马孔多，说："告诉她，你一大早晨就坐在这里了。"

马孔多扭了扭肩膀，不想帮我这个忙。我想那个从韩家园子出来去哈尔滨的女人所带给他的失落马上就要得到补偿，在他的征服名册上这类女人也许还是个空白，否则他不会如此兴味盎然。这时候只有我挺身而出了，我拿出两张客票，九号和十号。我拥有这两个座位，九号是马孔多。我对那妇女解释着，她放下鱼拿起票打探了半晌，然后用紫嘴唇吹了吹，又倒在掌心中拍了几拍，知道是货真价实的，嘴上却直说"真稀奇"。她只能坐在最后一排的空座上。我对马孔多的不合作态度表示了极大的愤怒，我当着众人训斥他："马孔多，你如果不想同我旅行的话，为什么要来找我？你必须承认和我同行这个事实！"我说这话的时候对着他又推又搡。旅客们不再笑了，他们充满同情地望着我，仿佛我患了不治之症。结果汽车开出十八站不足两公里，那妇女就借着车体的颠簸晃晃悠悠地来到我旁边，故作无辜地将一堆尚未消化好的五颜六色的食物吐在我眼前，有些秽物还溅到了我的裙子上。马孔多见状发出嘻嘻的笑声。

呼玛是大兴安岭一个古老清寂的江边小镇。我和马孔多到达旅馆是午后三时。马孔多说他饿了，我们便去一家馆子吃饭。餐馆建在江堤上，天蓝色的，里面陈设简单，但窗明几净，让人想到生活在这里的都是善良的人。马孔多对这家餐馆也抱有好感。我们要了两个热菜，一个凉盘，还有一斤蒸饺和两听啤酒，马孔多狼吞虎咽地吃起来。我们边吃边看窗外的风景，黑龙江就从眼前流过，我能望见水面上的粼粼波光。江岸泊着几艘船，船都很旧，零零星星的人在岸边间歇地出现。

吃过饭，我向老板娘打听去漠河的船有没有当夜开的。老板娘快人快语地说：“外地人吧？今年呼玛到漠河不通航。”

我立刻泄了气，又问：“怎么会不通航呢？”

“不挣钱呗。”老板娘指着江岸的船说，“坐船倒是风光、清静，可船走起来太慢了，现在人都讲究效率，又有汽车又有火车的，谁还愿意到水里走呢！”

我告诉她我们是特意从塔河下车奔呼玛再去漠河的，目的就是为了在水上生活两天。老板娘叉着腰笑道：“绕了这么一个大圈子，就是为了坐船？这样吧，公家的船不行，我倒能让你搭上私人的小轮渡。我哥哥要去古莲河煤矿运批煤来，空船上去，你就坐他的船吧。他明天一大早就动身。”

我喜出望外地说：“我和我朋友可以交船费的。”

老板娘说：“你不是一个人吗？”

“哪里，还有马孔多。”

老板娘若有所思地点点头说："那也关系不大。"

真是他乡遇贵人。出了餐馆我真想拥抱马孔多。公家不通航，可我们那么幸运地碰上了一条去载煤的船，上帝真的存在吗？

我手舞足蹈地说："明天早晨有船坐了。"

马孔多说："我们不能坐那条船。"

我说："放心，那男人只是去运煤的。"

马孔多说："真的不能上那船。"

"你是担心我中途和运煤人通奸把你扔到江中喂大马哈鱼？"我像唱歌剧的一样让双手从胸前缓慢张开，"我可不是潘金莲。"

马孔多沉下脸说："我也不是武大郎。"

马孔多拒绝上船，意味着我们必须从呼玛再折回塔河，然后再换乘去西林吉的火车。这一天一夜的旅程算是付诸东流了。马孔多的拒绝使我在呼玛那个处子般的静夜中流了半宿的眼泪。

逃离目击现场

我和马孔多从呼玛折回塔河的时间是六月十九日正午十二点。天气阴沉沉的，黑云压城，许多商贩推着架子车急匆匆地往家赶。那车上有的载着蔬菜、水果、肉食，也有的装着日常用品，诸如洗衣粉、肥皂、毛巾、牙刷、木梳以及锅碗杯盏。毫无疑问，这些必需品的零售价格比国营商店的要便宜一些，所以它们迅速垄断了市场。

我和马孔多仍然住艳艳招待所，还是那间包房，服务员见到我们就像看到了一条落网的大鱼似的欣喜。他们送来了足足两暖瓶的开水，还附加了两袋当地特产北芪茶。我喝着这芒果色的有药材味的热茶，征求马孔多的意见，是换乘两小时之后的车去西林吉，还是转乘午夜十一时的？

马孔多将袜子扔在枕头上，以出奇冷静的口吻说："随便。"

"现在你居然如此开明了，为什么乘船时却坚决反对呢？"

"我说过了，我们不能上那条船。"马孔多挠了挠胳膊上那几颗艳如红豆的疙瘩，那是呼玛之夜的蚊子打劫他的成果。

"那是条运煤的船，而不是什么黑道上走私毒品或贩卖人口的，你有什么不能接受的？"

马孔多那双小眼睛不怀好意地深深地盯了我几眼，然后嘻嘻地笑起来。他那丑陋的牙齿和发青的牙床一览无余地暴露出来，他脸颊的颜色由青转红，血在他体内充沛地回升，我几乎要看到几年前那个又丑陋又落拓不羁被大多数人所指责的马孔多了。然而马孔多很快抑制住笑声，他用严肃的口吻说："坐午夜十一时的车去西林吉。"

"你不是说随便吗？我想乘两小时之后的车最合适。"

"你的意思就是不想和我单独在这个房间里过一夜？"

"不，我只是不想在火车上颠簸一夜。如果乘两小时之后的车，我们在晚上九点多就到西林吉了。"

"那么我们不是白白浪费了住宿费？"马孔多的啬劲儿又傲慢地抬头了。

在我的挖苦声中他勉强同意了我的计划。尽管如此，仍是嘟囔不休："白白包了一间房子，有什么意义呢？我最讨厌无缘无故的浪费。"这是马孔多的一贯作风，任何没有回报的支付都会令他恼羞成怒、耿耿于怀。

我们斗嘴的时候，黑云越积越厚，天空那高远的情调荡然无存了。马孔多出主意去清真饭馆喝羊杂碎汤，饭后直接上站，所以出门时将行李一一带上。马孔多在关门前将两杯残茶喝得很干净，然后飞速地打开电视，又飞速地关掉。瞬间出现的画面是一队军人在山地拉练的情景。

"够本了。"我对马孔多说，"茶也喝了，电视也看了，拖鞋也穿了。"

马孔多撇撇嘴说："可是夜没有过。"

我们走在被狂风席卷的站前大街上。灰尘和纸屑在空中斗殴，我和马孔多紧紧拉着手，那一瞬间我们像一对同病相怜、相濡以沫的夫妻。马孔多的手没有温度，但手的特有力度和粗糙使我不怀疑他的存在。我想起了一些比这还要糟糕的天气，马孔多所讲述的某些野外考古的事情。有一次在山西榆次以北的一个小村子，马孔多他们去勘察远古的房屋遗址。他们赶到目的地后突然风雨大作，山楂般大的冰雹噼里啪啦地灌满了沟谷。马孔多就势匍匐在地，钻进防雨睡袋中。就在那个若明若暗的时刻，马孔多感觉到他的身体透过睡袋接触到了地下深藏着的光滑如玉的肌肤，它的光泽如熟透的苹果，而弹性丰韧如海蜇皮。马孔多还听到了蓬勃的心跳声。他在睡袋中张开双臂朝地层深处前进时，雷阵雨骤然消失，雨过天晴。同伴将他拉出睡袋，他看见了沟谷里乱滚着的熠熠生辉的卵形冰雹，他坚信这遗址里有女性那不灭的气息。

狂风中我们跟跟跄跄地寻找荣兴清真饭馆。一辆卡车载着满车纸箱朝车站货物处飞驰，蓝色的流动小货车被一个四十多岁的妇女给推向小巷深处的一个简朴人家，一些闲散的鸡和鹅迈着惊慌迟疑的步子钻进专门在大门底下为它们开的洞。行人几乎看不见了，千奇百怪的房屋在雨前的晦暗天色中有种面目狰狞的感觉。我不幸被风眯了眼睛，马孔多则大声咳着。我们一时找不到清真饭馆，只记得它就在广场西侧的巷子口，毗邻一家食杂店。当我们终于模模糊糊地望见了荣兴清真饭馆那动荡不安的蓝色幌子时，大雨倾盆而下。

我们拉开门的瞬间，马孔多可笑地跌倒在台阶上，他那浑身湿透的狼狈相格外惹人发笑。落汤鸡。落水狗。我在心里哆哆嗦嗦地嘲笑着，扶他进店里，将门关好。一股羊杂碎的气味扑面而来，马孔多坐在放着芥末油的餐桌旁大打喷嚏。

那是间不足二十平方米的餐馆，里面对称摆了六张圆桌。桌和椅都很旧，所以看不出脏来，在黑黢黢的天色中，倒有几分古色古香的情调。屋子里没有开灯，但能从苍蝇嗡嗡的飞翔声中感到它们的忙碌。低廉的墙壁纸由于受潮，许多地方都卷起了毛边，两幅俗气的画固执地占据着墙上醒目的位置。马孔多脱下湿衣服，拧了几下，搭在椅背上。我想要有火炉就好了，他可以将衣服烘干。

店里没有动静，主人不知在里面忙什么。我让马孔多独坐一会儿，我进去找店主要两碗热汤。马孔多急不可耐地拼命点头。他赤着上身，长裤却依然体面地贴在身上，所以店主是个女人也无伤大雅的。

掀开油渍遍布的白色门帘，我看见一个和我一样年轻的女人明眸皓齿地站在灶前煮汤。她高高绾起发髻，手执一把银白色长勺，微微地搅动锅里的肉汤。徐徐漫上来的乳白色蒸汽缭绕着她，令我如见仙女，耳目一新。

"老板娘——"我叫了她一声。

她转过脸来，并没有受惊的感觉，那么漫不经心地冲我一笑。

"这么大的雨还有客人来？我真没想到，我没有听见开门声，是外地人吧？"她放下勺子，去一个小瓶子里抓了一把味精扔进锅里，然后又撒上一层碧绿的香菜末，"看你淋得浑身透湿，喝碗热汤吧，刚熬好的排骨汤。"

"清真饭馆还做猪肉吗？"我问，"你不是回民？"

"哪里是。这锅汤是煮给家人喝的，我丈夫下午来这儿吃饭。"她一边说一边找来两块抹布，用它垫在锅的两耳上，将汤挪到圆形的铁质支撑架上，"就你一个人？"

"不，两个人。"我说，"马孔多在桌前等着。"

"多有意思的名字。"她笑了一声。炉膛里的火苗是橘黄色的，它释放的光芒改变了女主人的脸色，被映得红彤彤的。要是马孔多能来这里把衣服烤干该有多好，然而她很快把那锅八成开的羊杂碎汤坐在炉圈上，炉火的温柔被遮盖了。

"你没有干爽衣服？要不先换上我的工作服？"她用调羹盛了些酱油放在新坐上去的锅里，"不然你会感冒的。"

"谢谢，我有干爽衣服，我去取旅行袋。"我请求她，"先给我一碗热汤，我的朋友恐怕承受不了啦，就要羊杂碎汤。"

"好说。"她取过一只白瓷碗，麻利地盛了又鲜又嫩的羊杂碎，将它递给我，"筷子外面就有，辣椒油、芥末油和蒜酱都在桌子上，随便吃。"

我端着汤小心翼翼走向马孔多的时候发现他将湿衣服穿在身上了。问他为什么做蠢事，他说："屋子里的温度不过二十度左右，而我的体温却有三十六度五，衣服在身上要干得快些。"他口齿伶俐地接过热汤，猛地喝了一大口，"好鲜的羊杂碎汤！有热汤的帮助衣服干得就更快了！"

"找死！"我开始觉得寒冷，从旅行袋往外拿衣服的时候有点战战兢兢。我捧着干衣服走回灶间，女主人正切辣椒丝，我将湿衣服一一脱下掷在火炉旁。当我赤身裸体戴胸罩的时候，女主人突然歪着头笑眯眯地问我："和你一起来的是个男的？"

我点点头，好不容易扣好胸罩的挂钩。

"他不是你丈夫？"她为自己的推理感到兴奋。

"他是我丈夫。"我穿上一套银灰色的衣服，"过去是。"

她若有所思地点点头，轻声问："是因为他爱上别人才和你离婚的？"

我不置可否地付之一笑，将湿衣服团在一起，准备塞进旅行袋里。

"把它晾在这里，一会儿就能干。"她往炉膛里填了两块柴火，里面一阵啪啦乱响，打架似的。

"我的衣服不用晾干了，一会儿我们就要去车站了。"

"去哪儿？"她已经忙完了所有的活，正在用牙签剔手指甲，指甲长长的，在微弱的灯光下呈琥珀色。

"西林吉。"我说。

"去那里干吗？"她把"吗"字咬得很重。

"看白夜。"我说。

"哦，我听说过，每年这个时候都有许多外地人去漠河看白夜，不过他们都不在塔河下车，他们直接上去。"她剔完指甲，牙签被扔进火炉里，她用嘴吹了吹手指甲，那样子看起来又天真又富有挑逗性。

雨下得酣畅淋漓，天色昏暗不堪。她担忧地望了一眼窗外，说如果这样的雨下六七个小时，就会引起山洪暴发。一九八八年和一九九一年，塔河都遭受了特大水患。尤其是一九九一年七月一日，满城汪洋。人们逃到山顶露宿，鸡犬不宁、怨艾四起，真不知建城选址的人当初怎么看上了这块俗称"水库底子"的地方。我插话说，一九八七年的大火你经历了吗？

提起大火，她忍不住打了个寒战，"怎么没经历过呢？火是从西林吉烧过来的。那几天大风不断，火快到瓦拉干、绣峰的时候，塔河镇里就到处浓烟，十米之内都难辨人，狗天天叫，老百姓一看见火头就往呼玛河边跑，沙滩上到处是人，黑压压的，大多数人家把值钱的东西都放进地窖了。"

"当时没有想到会死吗？"

"死？"她迟疑地重复了一下，似乎有些困惑，"死也就死了，谁能说得清楚呢？江浙一带许多修鞋匠来大兴安岭挣钱，钱倒是没少挣，可命也搭上了，火头一来他们就挑着担子往山上跑，百分之百都死了。"

"想起来仍然心有余悸？"我问。

"可不是嘛，现在一发现空气中有烟，就怕得不行了。"她用一只花瓷盘拣了四只烧饼，对我说，"这么半天了，看看你的那位朋友吧。"

我端着烧饼来到前厅。马孔多已经吃饱了，他正平静地吸着烟听雨声。我问他还需要烧饼吗。他摇摇头说不必了，那碗汤已经使他恢复了体力。

老板娘端来一碟酱豆，她换上了一套橘黄色的衣裳，没扎围裙。马孔多盯着她天使般的面庞。她的眼睛现出困惑，"你那位朋友走了？"

"喏——"我用嘴努了一下马孔多，"那就是他。"

老板娘揉了揉眼睛，说："难道我——"

"他就叫马孔多。"我说，"一个考古学家。"

马孔多现出极其温柔的表情，一如他以往求欢时的神态。他向老板娘伸出手，但她却视而不见，她只是贪婪地望着我，样子有点像个同性恋者。

"请问你的名字？"我问。

"秋棠。"她将酱豆摆上桌子。

"秋棠，可不可以让马孔多进里面烤烤炉火，他的衣服还没干透。"

秋棠眨眨眼睛，"没问题。"

马孔多以极其敌意的目光打量了我一番，愤愤地进里屋去了。我坐在他的位子上，而秋棠则坐在我的对面。她将一根筷子竖在我面前，问："看得见吗？"

我点点头，她就起身去窗台那儿拿了两个酒盅，又反身进灶间取来瓶玉泉白酒，说："咱们喝两盅。"她抬起手腕看了看表，"时间还来得及，不会耽误你上车的。"

秋棠嫌室内光线太暗，她拉亮了灯。我见天棚下吊着两盏马奶子形状的灯，灯光非常柔和，很有点情调。而秋棠的发髻、肤色和眼神也有点像日本女人。

我们干了一盅酒，顿时感到热乎乎的。

秋棠说："你不想一个人去看白夜吗？我担心马孔多会着凉生病，也许他要留在塔河。"

"他病在这儿，谁照顾他呢？"

"当然是我了。"秋棠给两个酒盅都满上了酒。

我吃醋地说："你这么漂亮的一个女人照顾他，你丈夫会生气的。"

"我丈夫他不介意，他巴不得我找个男人呢。"秋棠用手捋了一下刘海儿，"要是他现在回来，撞见我和一个男人在一起，正中他下怀。"

"他心理变态？"

"不，他有个相好的，比我大三岁，是个寡妇，在家当裁缝，有两个孩子，离我这儿不远。他天天和她睡，到我这里吃饭。那女人把他迷得不行，他要和我离婚去娶她，我不同意。"

"既然这样为什么不离婚呢？"我问。

"我还爱我男人。我想他新鲜几年之后就能回心转意。他说那女人比我强多了，我想不透。人没我俊，脚长得像鸭掌，而且还是黄牙齿、薄耳垂，大概上了床浪得很吧。"秋棠轻轻叹了一口气，又干了一盅酒，弄得两腮绯红。

我说："我更不能让马孔多留在这里，何况这次是专程来看白夜的呢！"我夹了一粒酱豆，对它的味道赞不绝口。

秋棠笑了，"你那么舍不得他？"

我说："我只是不想和他在塔河分手，这是个缺乏诗意的地方，到处都乱糟糟的。"

秋棠顺下眼睛，低低地哦了声，然后说："塔河。"

雨仿佛小了一些，窗口也亮了，似乎有行人的影子从窗前飘过。我感到是出发的时候了，就进去召唤马孔多一起上站，不料他已偎在火炉旁深深地睡着了。他的脸膛看上去极其平和，他把手搁在胸脯上，朴实得像个牧羊人。我已经有很久没有见到他这么香甜悠长地沉睡不已了。开往西林吉的火车离塔河很近了，我感觉它已驶过塔尔根，正咔嚓咔嚓地穿过雨后苍翠欲滴的原野，向沿途的旅人扬起热情的臂膀。马孔多和我曾是多么热切盼望雨后的旅行啊，湿润的空气，散发着浓郁的植物气息，小鸟的叫声特别诱人，还有沿途不期而至的水鸭子、野兔、山鸡，是多么鼓舞人心啊。旅行的兴奋促使我摇醒了马孔多，他揉了下眼睛，将手伸向我，我拉他起来，他轻若云絮。哦，可怜的人！

我们告别秋棠，推开店门，这才发现阳光已经射向水洼，但潮气仍在塔河街头四处弥漫。不甘寂寞的生意人推着满载货物的架子车走出家门，鸡也一路小跑着奔向垃圾堆。

我们俩准时抵达车站，然而火车并没按时而至，要晚点一小时十分。我们像两只又蠢又笨的候鸟怀着误判春天来临的感觉大失所望地互相看了一眼，无精打采地靠在出站口那湿漉漉的绿栅栏上。

"知道为什么晚点吗？"马孔多问。

"下雨的缘故，火车不好开。"我说。

"聪明。"马孔多点起一支烟，不无嘲讽地挖苦我，"什么时候你能不这么高智商。"

"床上。"我说，"那时低智商。"

"未见得。"马孔多快意地喷出一口烟，嬉皮笑脸地说，"打个折扣还可以。"

"当然，比起有些女人，我就算是败坏了你的胃口。"我像青蛙一样气鼓鼓地说，"以后不会再吊你胃口了。"

马孔多用手指划了一下我的脸庞，这是他道歉的一贯动作。

"我把烟盒落在荣兴清真饭馆了。"马孔多说，"你在这儿等着，我把它拿回来。"

"亲爱的——"我阴阳怪气地拉长声调，"你不是一向以真实自诩吗？"

"好吧，实话实说，我想看看秋棠。"马孔多将烟扔进一个浑浊的水洼里，指着一个拄着拐杖的老头说，"到了这般年纪，我会什么想头也没有了。"

我点点头。我说："你去吧，在炉火旁做爱肯定很有情调，只是别误了火车。"

马孔多一边申明"只是看她一眼"，一边喜不自禁地将他那个没什么内容的旅行包扔给我，像发情的狮子一样朝荣兴清真饭馆去了。

该死的晚点列车！我将脖子仰得高高的，看晴朗的天空。馒头形的白云就跟秋棠的发髻一样俯视着我。骑自行车的人将铃声闹得很响，一列货车伴着刺耳的汽笛进站了。

时光从大街小巷悄悄流逝。半小时过去了，我猜测马孔多和秋棠正在兴头上，所以就大声给自己唱几首歌。茫然唱了一刻钟，看看手表，估计该是他打道回府的时辰了，于是眼前就出现马孔多紧闭着嘴巴穿衣的情景。这样想着，远远看见清真饭馆蓝色的幌子平静地垂在屋檐下，一个男人急匆匆地从里面出来，他戴着不合时宜的炫目的白手套，这引起了我特别的注意。他是这店的顾客还是秋棠的什么人？他如果是秋棠的丈夫，会不会一时恼怒将马孔多给揍一通？晚点火车已经要按晚点的正点进站了，我飞快朝那家饭馆跑去。店门敞开着，我嗅到了屠宰场才有的血腥气。六张桌子板着老面孔待在原处，马奶子形状的灯虚弱地放着光。我冲进灶间，见马孔多正站在火炉旁打哆嗦。他的脚下，是秋棠那美丽的尸首。秋棠身上有多处刀伤，脸倒是没有伤痕，苍白美艳，她身下的血发乌了。

"你杀了秋棠。"我拉了一下马孔多那冰凉的手。

"我从来不会杀女人的。"马孔多战战兢兢地说，"是她丈夫杀的，他戴着白手套，就当着我的面。"

"他撞见你和秋棠做爱了？"我不敢再看秋棠一眼。

"恰恰相反。"马孔多说，"我一进来就发现秋棠和一个男人滚在一起亲热。那男人做完事，就凶相毕露，他戴上白手套用刀刺秋棠的胸脯。我大声制止他，他一点也不理会。秋棠这时发现了我，她大声呼唤我，我丈夫要把我杀了，快救我呀，马孔多！"

"你为什么不去救她？"

"因为我从没见过人杀人。我想看看人是怎么杀人的。"马孔多说，"那把匕首被扔进炉膛里了，它要被烧毁了。"

"我们赶快走吧，否则你会被那个杀人犯给杀了！"

"我是目击者，我要报案。"

"可是我们的目的不是当证人，而是去漠河看白夜！"我说，"何况到了法庭你说得清楚吗，你为什么不阻止他杀人？"

马孔多嗫嚅道："看完人杀人，想救她已经晚了，事情往往就是这样。"

我强拉硬拽将马孔多拉出荣兴清真饭馆，我用胳膊轻轻带上门，让血腥气暂时不要冲出屋子，也不能让我的指纹留在门上。一切都会结束的，会有人发现秋棠的尸首的。

我和马孔多走向检票口的时候，火车已经进站了。我们做出镇定自若的样子。塔河是个大站，下车的人很多。有个三十多岁的男人臂戴黑纱捧着一个骨灰盒走下来，立刻就被一堆披麻戴孝的人给围住了。他们的哭声给出站口增添了悲凉气氛，无疑那是个客死异乡的人。这真是个晦气冲天的日子，我们总是与死亡不期而遇。我们走上七号车厢，车厢里的人已经不多了，我们择了靠窗的位子坐下，马孔多有气无力地一头趴在茶桌上。出站口那里的人由密渐疏，阳光将月台照得遍地生辉，去西林吉的火车终于在一声幽怨的叹息中驶出塔河站，我的心渐渐踏实起来。杀人魔城毕竟在我们的生活中已成为昨日的风景。当植物越来越繁茂的景色妖娆地出现时，我温柔却是果断地推了推马孔多，我说："看窗外的景色多迷人。"

马孔多将头抬起来，泪流满面，他失态地大张着嘴问我："生命就这么不堪一击？"

我说："记得你跟我说过，有一次你们在挖掘一座明朝的房屋遗址时，突然发现墙角处有一具男尸。尽管只剩下了骨头，但这些骨头却被麻绳缠绕着，可以想见他死前是被人五花大绑着。你当时不是感叹过：生命可以以任何一种方式结束吗？既然如此，平静地死去和被人谋杀其终极意义不是一致的吗？"

马孔多用手抚了一下我的脸庞，他温存地说："好吧，我们想想白夜的事情，想想那夜在黑龙江边会不会赶上鱼汛。"

"说不定你会遇见一头异常俏丽的母鹿呢！"我笑出了声。

遭遇漂流队

我和马孔多住进西林吉北陲饭店的时间是六月二十日凌晨一时。本来我们是在十九日午夜十一时下车的，由于车站离城里很远，加之没有接站车，所以只好踏着星光徒步进城。临近夏至，高纬度夜晚的天空十分迷人，干净明澈得能看清白云那优雅的暗影。一些素不相识的人也放开大步在路上匆忙走着。我们经过一座白石桥的时候，马孔多伏在栏杆上呕吐不止。我明白那是凶杀案带给他的生理反应。他呕吐完，站在桥头点起一支烟。大草甸子尽头的山看上去是幽蓝色的，风将马孔多的头发吹得格外浪漫，我偎在他身边，说："忘不掉秋棠？"马孔多将烟熄了，示意该上路了。

北陲饭店马蹄形的空场上停了许多大大小小的汽车，可以想见来这里看白夜的人有很多。一楼服务台趴着一个穿红衣裳的值班小姐，大概是不胜倦意，我们的到来并未惊动她。我趁机征求马孔多的意见，我们是住在一起呢，还是分开？马孔多耸耸肩膀，表示无所谓。我叫醒了服务员，包了二楼一间套房。服务员无精打采地将收据、出入证递给我的时候，懒洋洋地附加了一句："你真幸运，这是最后一间套房了。"

"是吗？"我说，"那可不只是我的幸运，还有我朋友的。"

"你不是一个人住一套房吗？"服务员警惕起来。

"不，我还有个朋友。"

"既然如此，你得出示你朋友的身份证。"服务员从服务台站了起来。

马孔多饶有兴味地看着我和服务员交涉。我想到了一个严重问题，马孔多并未持身份证，而且即使有，我们也不能同居一室。我们离婚了，同居是非法的。我对服务员说："都是来看白夜的，不要这么严格嘛。"

服务员满面困惑地盯着我："可是你的那位朋友在哪儿？我怎么看不见？"

我欣喜若狂！又一个无视马孔多存在的人！我连忙说："我的确只身一人，刚才只不过同你开个玩笑。西林吉的风水真不坏，让人心情开朗。请别介意我的鲁莽。"我故作潇洒地表演着，最后在给马孔多打手势上楼的时候又堆满假笑恭维那位服务员："你可真漂亮，很像山口百惠。"

服务员投桃报李地说："早饭七点到七点半。"

套房还算货真价实。客厅里有拐角沙发、聚酯漆黑色写字台、电视机、台灯和电风扇。卧室有两张床，地毯有些脏，卫生间却很整洁。通往卧室的门是拱门，有一道白色屏风，有点园林式建筑的味道，与房间的整体布局有些矛盾，看上去不伦不类的，但也无伤大雅。马孔多对着各处探头探脑侦察了半晌，才将两只胶鞋脱下来甩在墙角，一偏身上了靠窗的床，拉过被子蒙头大睡。我知趣地关了灯，躺在另一张床上。马孔多将呼噜打得抑扬顿挫。窗帘半掩着，能很清楚地看到窗外的景色。天已经转蓝了，蓝色越来越强烈的时候就将破晓。"黎明"这个字眼使我有头晕目眩的感觉，我趁机进入梦乡。

　　一觉醒来已是七时整，马孔多不在，他的被子叠得方方正正的。白天与夜晚相比完全是另一番世界了。阳光明亮得让人怀疑全世界都在黑暗中，唯有这里光芒万丈。我想马孔多一定是外出散步了，他喜欢独来独往，讨厌任何形式的约束。记得新婚第二天早晨，我醒来后发现他皱着眉头坐在床头吸烟，问他为什么不开心，他说："两个人结婚就是终日厮守在一起，想想多么可怕！"他说得如此真诚，让人难以动怒。事实证明，婚后几年的时光马孔多大多在外生活，我能从多种渠道获知有关他的桃色新闻，他自己也毫不隐讳。这种荒唐日子终于维持不下去了，我们在一九八九年六月离了婚，马孔多又成了名副其实的自由人。许多朋友对此给了他两点总结："马孔多一生最热衷的两项事业是：考古和女人。"用他自己的话说则是："考古能告诉我人类该如何生存，而女人则是我活下去的勇气。"

　　抛开马孔多不说吧。我洗脸，梳妆打扮，打开窗子透透新鲜空气，泡杯浓茶。这时门被推开了，马孔多悄悄进来。他与昨夜判若两人，面色红润，眉目舒展，神采勃发，看来秋棠的阴影已经彻底从他心底消失了。他像匹不经世事的快乐小马一样颠到我面前，亲了我的面颊，然后指指他的肚子，示意该吃点什么了。

　　"散步去了？"我问。

　　"这里真好，离大自然如此近，空气难以想象的好！"马孔多嗫了一下嘴。

"还没到北极村呢。"我说,"明天晚上在黑龙江畔会让你一生都难以忘怀。"

我们来到人声鼎沸的餐厅。餐桌陈旧不洁,苍蝇肆无忌惮地横冲直撞。旅客手中端着的碗油腻腻的,有的碗还毫无廉耻地豁着边,与楼上套房的舒服可人相比,这里简直有点下流的味道。

马孔多的情绪并未因此受到影响,这使我略觉欣慰。我们要了两碗大米粥,半斤花卷,两碟咸菜,坐在桌前对付那忍耐性极差的胃。正吃着,忽见一个穿中山装的男人引着一行人高马大的人走进餐厅,他们都穿着鲜艳的红色真空背心,几乎吸引了所有人的目光。我从中看到了一个熟悉的面孔:西旸。西旸悠闲地走在其中,一只手插在裤袋里,头发剃得光光的。他正毫无目的地打量就餐的人,他很快发现了我,走过来和我打招呼。西旸是我和马孔多的共同朋友,也在哈尔滨工作,是一家研究所的研究员,离我单位很近,以往我们常常聚在一起聊天。大概有半年左右的时间我们没有见面了。

西旸问:"你也来了?"

我说:"和马孔多一起来看白夜。"

西旸笑了,"马孔多也会来看白夜?他人呢?"

西旸也看不见马孔多,真让我不知所措、困惑重重,马孔多难道有隐形术?我却能清楚地看见他大口大口地吞咽着花卷,最后把残粥一气喝干,丢下我旁若无人地不跟西旸打声招呼,大摇大摆地出去了。

"马孔多!"我对他的背影说。

西旸说："没关系，对马孔多我还不了解吗？"他问："你们什么时候住进来的？"（西旸不承认看到了马孔多，但他使用的称谓却默许了他的存在。）

"今天凌晨。"我说，"你看上去真帅，也来看白夜？"

西旸摇摇头说："是漂黑龙江。过了白夜就下水。你没看见我的几个伙伴吗？他们都是漂流队的成员。"

"他们看上去也很帅。"我说，"半年多没见你，原来你在忙这件事。"

"为了黑漂，去北京跑批文，又去四川定做橡皮艇，所幸一路绿灯。"西旸说，"饭后咱们再聊，我住二六二号房间。"

看来首漂黑龙江对当地政府惊动很大，西旸他们在小餐厅就餐，而且有当地人陪同。我告别西旸，匆匆回到房间。马孔多正在看电视，《早间新闻》强调产品质量的重要性，播音员那种冷若冰霜、纯粹职业性的表情和声音让人心里发凉。我气冲冲地质问马孔多："你怎么不跟西旸打招呼？"

"他并没有和我说话的欲望，我用不着委曲求全。"马孔多心烦意乱地变换了一个频道，一片雪花点闪闪烁烁地跳跃着，他嫌恶地"咔"的一声关掉了电视机。

"你是不是觉得自己很了不起？"我说，"连条私人船都不敢搭乘的胆小鬼，你知道吗？西旸要去漂黑龙江，那才是男人做的事。"

马孔多忽然大笑起来，笑得额头青筋毕露。后来他克制住笑声，绷着脸说："你的意思是说男人都得去战场送死或者去探险，否则就是胆小鬼？真该让个粗野的男人把你给强奸了，你会说那才是男人该干的事！"

我将高跟鞋脱下来甩向马孔多，"无耻！"

"我知道，接下去你还会用'流氓''下流坯'一类的词，所以我得出去散步了。这里的街道多么整洁，真让人流连忘返。午饭别等我，代我问西旸好。"马孔多冲我打个飞吻，轻轻关上门。马孔多与我争吵之后向来都以逃之夭夭来寻求和解。等着瞧吧，他散步回来后肯定若无其事了。你若在他走后还生他的气，那才是天底下最愚蠢的女人。何况天气这么好，西旸又来了，他那伙朋友如此与众不同，为什么不找他们去聊天呢？

我喝完一杯茶，敲响了西旸的门。西旸打开门，一股香烟的味道热情奔放地向我袭来。屋子里堆满了物品，西旸说那是漂流用的东西：帐篷、橡皮船、鸭绒被、防寒服、压缩饼干、食盐、药品、救生衣、摄影摄像器材，等等。对于漂流我一无所知，但与西旸的异地遭遇却使我兴奋不已。西旸喜欢吸烟，有一个美丽而富于个性的妻子和一个不太省心的儿子。据说他与妻子生活多年并未持结婚证，属于事实婚姻，他这种似是而非的婚姻令人羡慕不已。

我接过他递过来的烟，点着，深深地吸了一口，真是惬意极了。"大家都玩命地挣钱、炒股票了，你怎么突发浪漫主义情怀去漂黑龙江呢？"

"有人不是预言，我是这个时代最后一名理想主义分子吗！"西旸乐了，他一乐就露出了少年相，全然不似四十出头的人。

"看你们浩浩荡荡的一大列，真够气派的。"

"你可真是少年不知愁滋味。"西旸一手掐着烟，一手摸着光头在地上走了好几个来回，突然大骂起来了，"他妈的现在资金还没全部到位！"

"那你不是领着一伙人去喝西北风吗？"

这时有人敲门，一个高大年轻的小伙子进来告诉西旸，县委有人召见他，说是研究漂流有关事宜。西旸摊开手对我下逐客令，"我要去交涉要两辆卡车，把物品全部运到源头，当然，还有其他乱七八糟的事。一会儿我去看你，你住几号？"

我告诉了他房号，然后回到房间看电视。一部四十集的电视连续剧正在重播，令我情绪低落，忍不住关掉它，去窗前看景。一些人在饭店的空地上悠闲地踱步，两个年轻人在打羽毛球，一个骑自行车的孩子冒冒失失地斜冲过来，将一个大腹便便的老头吓得左右躲闪个不休。天空真是晴朗极了，没有丝毫阴霾，这种晴朗让人对白夜的到来充满了无穷的信心。我开始回忆和马孔多曾有过的好时光，婚前的理解、狂热和信任，但思绪很快又转到婚后无休无止的争吵上。为了女人而争吵，真是要命。

有人敲门，是西旸。

"一切都谈妥了？"我问。

西旸微微点点头，在沙发上坐下来，点起一支烟，我连忙为他沏了杯茶。

"有件事我想请马孔多帮忙。"西旸说。

"他能为你们做些什么？"我很吃惊。

"我们这次漂流，有一个摄制组跟随，沿途采风，民俗礼仪、地理风貌等等，想请他客串个节目主持人。马孔多历史知识丰富，谈吐不俗，他胜任得了。"西旸弹烟灰的动作很优雅。

"这事你最好亲自跟他讲，马孔多这人你又不是不了解。"我说。

"还是你跟他说比较合适。他不漂全程，到了黑河就可以让他回返。如果你不介意的话，我想你和马孔多的旅行该结束了。"西旸很严肃地看了我一眼，他那郑重其事的样子令我陌生极了，"你本打算和马孔多继续旅行下去？"

"我只是想陪他来看白夜。离婚那天他曾对我说，咱们最后一同去旅行一次，去漠河看白夜吧。我当时拒绝了他的要求。这次他有机会来找我，我就带他出来了。"

"是这样。"西旸起身告辞，"明天我们一同乘车去北极村，白夜之后你就独自返哈尔滨吧，马孔多将和我们一同漂流。"

"试试看吧。"我说。

"一定能成的。"西旸鼓励道。

马孔多回来时已近黄昏。事实上漠河夏至前后是没有黄昏的。晚上六点多钟天仍然很亮，太阳悬在空中，没有坠落的意思。马孔多满身植物气息，好像刚从丛林中钻出来的野人一样。他手中还拿着把紫白红黄的野花，他鞠着躬，故意拉长声调将花献到我面前："小姐，我是多么爱你，请答应我的求婚。无论贫穷富有，我们都将厮守在一起……"

我捧腹大笑，马孔多最大的优点就是不记仇，会取悦女人。他说这一天他在外面吃了两顿饭，全都是水饺，很香。他还说山上有一片白桦林，许多树由于冬天大雪的压伏而弯了腰，远远看去像是一个个白色的拱门，许多飞禽就从中飞来窜去。趁着他情绪高涨，我和盘托出了西旸的计划。在他皱眉的那一瞬间我不失时机地点拨。

"马孔多，你可不要因小失大。你只漂到黑河，又在电视上露了脸，将来你会比现在更有名气，许多出水芙蓉般的女子也会任你花前月下的。"我充分发挥自己在攻击马孔多上的超常智慧，"你们可以随处宿营，围着篝火吃烤鱼、烤野鸭或山鸡，也许入夜在帐篷里还能听见熊的脚步声。当然，最重要的，你们要经过一个古战场，会看见长有七个脚趾的少数民族与异族抗争的遗址，你也许会发现箭矢、盾牌、破烂的号角等古物的。我肯定，你将大有收获。"

马孔多嘟起嘴，这是他心有所动的一贯表情。他思谋了半晌，突然举起了右臂。当然，这是他赞同某项事情的举止，他同意了！

我递给他一杯茶，自己拿起西旸喝剩的半杯，"来，为伟大的马孔多干杯，为了漂流的成功干杯！"

马孔多一饮而尽，咂咂嘴，说要找西旸聊聊去。我将他送到西旸门口，他有些羞涩地站在那儿，一言不发。西旸木讷地问我："马孔多还没回来？"

"他不正在你眼前嘛！西旸你可真好眼神！"我兴高采烈地推了马孔多一把，"你不是要找西旸聊聊吗？你们要一起漂黑龙江了，好好商量商量一些细节。我走了，你们谈吧。"

西旸若有所思地点点头，"马孔多，好久不见，请进。"西旸做出一个礼让的动作，可那时马孔多已经溜进室内，西旸的彬彬有礼看上去有点虚伪和滑稽。

晚饭后漠河县委在北陲饭店和文化宫之间的空地上举行了迎白夜露天舞会。站在二楼可以清楚地看到楼下的情景。乐队正在起劲地演奏一首节奏明快的快四步舞曲，十几对男女快速旋转着，但大多数人都在围观。我看见马孔多鬼鬼祟祟地在人群中串来串去。有一刻他还踮着脚尖朝乐队拉小提琴的姑娘张望，样子像个企鹅。马孔多的矮小给他带来了诸多不便。舞会一直到二十一点还没有结束的迹象，蚊子倒是三五成群地飞来，我不得不抹了些避蚊油，然后准备下楼身临其境地感受一番。刚走到饭店门口，恰好碰上西旸，我便问："刚才你和马孔多谈得怎样？"

"还好。"西旸说，"他非常高兴能加入漂流队。我也一样高兴。只是有一点我必须提醒你，漂流是项危险的活动，在排除诸多浪漫的成分外，死亡的因素还是存在的。"

"死亡？"我说，"别想得那么可怕！"

"必须这样设想。"西旸划着火柴，用掌心护住，点起一支烟。微风把邻近的两棵松树身上的松脂气吹下来了，清香得很。天空是深蓝色的，白夜前夕的漠河清纯明丽，远山那幽幽的暗影又似一缕不经意的哀伤挂在天空的珠帘下。哦，死亡，不！

那一夜我和马孔多睡在一张床上。在那样的夜晚拉上窗帘是最愚蠢的举动，所以我们把窗帘全部卷至墙角。明亮的玻璃窗把明亮的夜晚推到房间，使房间充满了本不应的光明。白夜仿佛提前降临了。我们幻想着鱼汛、出其不意闪现在大庭广众面前的母鹿以及动人的篝火。我们相互抚摸，感受着肌肤之间的喁喁私语，想象着时光再流逝几十年后，我们将成为两具不知身在何方的僵尸，一切的怨气和不解也就涣然冰释于温存的拥抱之中了。借着滚滚而来的忤逆黑夜的银白色光芒，我们重温了世上男女本应有的欢乐，更确切地说是一种男女之间的和平，淡淡的永恒的和平。对时光残酷的设想和出人意料的温存使我们流下了眼泪。我们终于在分别后首次达到了一种伤感的和谐。我倒在马孔多怀里，沉沉睡去。

永别的白夜

六月二十一日对于地球是一个特殊的值得纪念的日子。在这一天，太阳将它金色的触角几乎全部移到北半球；在这一天，生活在高纬度村庄的人们将彻彻底底感受到他们生活在一个彻头彻尾光明的世界中。我和马孔多早晨醒来后有些怅然若失，我们迅速从床上分开，各自用衣服装扮起来，然后出现在公众面前。早餐一如昨日，豁着边的油腻腻的碗以老朋友的身份出现在面前，我们象征性地吃了一些。饭后，天有些阴，西旸到房间来通知午后三时动身。问他为什么那么晚，他说上午恐怕有雨。

"马孔多，你还有什么要问西旸的吗？你们明天就要出发了。"我说。

西旸顺着我的目光去看马孔多，他对着我目光所及的地方说："一切都已准备就绪，你只需跟着走就是了。"

马孔多吐吐舌头。西旸告辞了。

西旸预料得不错，上午九点一刻，天落了雨。马孔多赤脚坐在沙发上抹避蚊油，我则百无聊赖地摆弄手电筒的电池，装上卸下，卸下又装上。

马孔多忽然轻声对我"哎——"了一声，他很少叫我的名字，在他的生活中，我就是被千呼万唤的"哎"。

"昨夜如果使你有了孩子，我会非常难过的。"他说。

原来他为此闷闷不乐！我说："绝对不会！"

马孔多的眼睛又充满了神采，那种忐忑不安的表情取而代之以镇定自若的神态，"我只是不想给这世界留下我的血液。"

"是孩子。"我说。

雨下了一个多小时就住了，天豁然亮堂了。雨后的白云缥缈地点缀着蓝色的天空，不远处的山苍翠欲滴。许多车辆在午后潮湿的空气中朝北极村出发。西旸带领漂流队的小伙子们往卡车上装东西。西旸他们已退了房间，他们在北极村尽享白夜后将直接驱车到黑龙江源头，所以北极村之夜将是我与马孔多度过的最后一个夜晚。对于别离我已习以为常，但马孔多这次离去却使我惆怅。我把属于他的东西一一打点好，又将自己行囊中的手电筒、望远镜、蜡封的火柴、香烟、避蚊油等统统给了他。我也退了房，希望归来后直接赶到车站，不想独自再嗅到北陲饭店里与马孔多同居的房间的气息了。

午后三时我们分乘两辆卡车出发了。西旸让我和他坐在一起，而马孔多则在另一辆车上，反正我和马孔多也没更多的话可说了。卡车司机打开录音机，西旸递了一盘很有情调的钢琴曲磁带，行云流水的音乐很快把我的心与车窗外的景色相融在一起。西旸突然指着外面一片经历一九八七年大火的过火林说，看见了吗？那些没有被采伐的火烧木已经返青了。那是一片至少有半个世纪生长期的落叶松，尽管它们的树干仍然掩不住大火所留下的苍黑色疤痕，但它们的枝枝丫丫却抽出了耀目的新绿。高纬度植物的生命力如此旺盛，五年之久的表面死寂状态被烧不死的根给催发出了蓬勃生气。这些侥幸存活下来未被伐掉的树木证明我们已经犯了一个不可饶恕的历史性错误。火灾之后，舆论界大谈特谈官僚主义对经济建设的严重危害时，似乎没有人去关心那些已经被火烧过的树木该怎么办。一个由许多人组成的专家考察团奔赴大兴安岭，他们中的绝大多数人认为火烧木已经毫无再生的可能了，于是一场抢运火烧木的战役在大兴安岭打响了。整整三年时间，那些被宣判了死刑的树木永远离开了大兴安岭这片丰饶的土地，它们被截断，一车皮一车皮地尸体般地被运往他乡。没想到几年后的今天，那些所剩无几的过火林却带着辛辣的微笑孤傲地复苏了。我对西旸说，从塔河到西林吉的火车上，听到两个老大兴安岭人发过这种牢骚了，他们说当地有一个林业专家曾及时提出了自己的观点，认为高寒禁区的林木根系茂盛、深扎泥土之下，具有永冻层，根是不会被烧死的，只要根不死，几年春雨的滋润和林地上丰富的腐殖质会促使树木复苏。然而他的意见由于势单力薄而寡不敌众，没有人科学地采纳他的意见。真理在这种时刻被上帝放逐天涯海角了。

司机加大油门参与了我们的谈话，他是个粗人，他的话加了不少的脏词："妈拉个 × 的，这帮书呆子也不向老百姓调查调查！有经验的老林业工人都预言过火木有返青的机会，可没有人信他们的话，因为他们是大老粗。我们抢运火烧木的时候，几个离了休的老林业工人就聚在一起喝老酒，喝多了就哭，说干了一辈子没给子孙后代留下几棵树，他们受不了。我也受不了，我儿子十岁了，我不能让他在这儿待一辈子。有山没林的，跟寡妇守孤灯一样，有什么前途呢！走啰！"

卡车把我们载入劫后余生的森林中，泪水模糊了我的双眼，我不敢去看那满眼的绿。那种牺牲了其他的绿而独立于世的绿木，每一棵都可以成为一座纪念碑。历史的错误就在于它永远没有挽回的余地，如同一场失败的婚姻，一局走向穷途末路的残棋，说什么也回天乏术了！

我垂下头，无言的悲哀使我觉得钢琴是乐器中最令人寒冷的声音。

卡车走了四十分钟，到达老沟金矿，也称"胭脂沟"。我曾读过宋小濂的《北徼纪游》，粗略知道李金镛创办金矿的情形。当年晚菘青青、瓜壶满架、矿丁往来的情景不复存在了。我们看到了一艘废弃已久的采金船，看上去斑驳不堪，备受岁月侵蚀。黄金的采掘使老沟一带到处都是低缓的坚硬的沙丘。据史料记载，这里曾有俄妓日妓出入于常年不见女人的矿丁的屋中。谁都能想象得出这苦寒之地矿丁的生活会是什么样子。我和西旸沿着金沟走了一刻，然后又回到卡车上。返青的火烧木和废弃的金矿都使我减少了看白夜的兴趣。我甚至觉得千里迢迢和马孔多一同看白夜有点附庸风雅的味道。

傍晚五点二十分卡车在经过了一大片挺秀的樟子松林后，疲惫不堪地驶进北极村。车停在防火检查站门口，那是间涂着黄粉的房子，周围是兴旺的灌木丛。草和野花的气息扑鼻而来，鸟的叫声也依稀可闻。一个穿白色制服的交警招呼司机下来进行车辆登记。司机登记完上来说："我们是第三百零一辆。这么小的村子已经有两万人了，你们看，县委把交警都调到村里来了。"

我们按预先安排好的那样先到北极村林场食堂吃饭。席间听负责接待的当地朋友说，北极村的所有旅店都已客满，许多老百姓家也住了人。个体饭店一拨拨地接待人，青菜水果价格骤然飞涨。一些摊贩随之在街角和江边支起了摊子，卖煎饼、馄饨、茶鸡蛋、玉米面发糕、咸鱼等等。我插话问他江边都有什么活动。他兴奋地涨红了脸说："江边拉了好几串彩灯，县委派来了乐队，桦子早几天前就运到了，晚上点起篝火尽兴跳舞吧。"他那种作为主人的自豪感溢于言表，而我对彩灯的出现则深恶痛绝，温馨的白夜中彩灯那多变的光芒将大煞风景。

饭后是晚上七时许，太阳还明晃晃地悬在天上。西旸和当地老百姓去田野里认野菜，他怕中途在荒无人烟的地方搁浅，以备不测。漂流队的另外几名成员围在一起打桥牌。我和马孔多沿着小路朝村子走去。北极村在夏至前后已不是一个沉寂的村子了，异乡人的影子到处可见，当地老百姓有的在田间劳作，有的在屋子中忙家务，还有的在街头巷尾兜售东西，尽管如此，本地人也显得寥寥无几。我们经过了气象站和敬老院，气象站的白房子沐浴着不死的天光，光彩照人。敬老院那用蓝栅栏围起的院子里有一些老人在散步，他们当中有的是当年在胭脂沟采金的老矿丁，如今都驼了背，老眼昏花，行动迟缓。他们享受白夜的日子不会太久了。

我和马孔多不由自主地走进敬老院，和一个八十七岁的老人攀谈起来。他很厉害的驼背与他眼睛中那不屈的光芒形成了鲜明对照。他挂着拐杖，没有一丝头发，白色的胡须微微拂动，有点仙风道骨的味道。我大声问他是哪里人。他回答是山东人，闯关东来的。又问他为什么孤身一人。他顿了顿拐杖说："老伴死了，俩孩子一个淹死了，一个嫁到南方去了。"

"那你怎么不跟闺女到南方去？南方水土好，养人哪。"我说。

"南方老下雨，我不去那儿，天又热。漠河这个地方我待舒服了。"他用极富挑战性的目光望着我，"南方人没力气，因为他们老出汗，北方人冬天烤炉子，烤出了一身的力气。"说着，还跷了跷并不利索的腿，暗示他很有力气。他口齿清楚，牙还没有全落尽，只是耳朵有些背了。他问我们打哪儿来，我说哈尔滨。老人的眼里迸发出狡黠的光彩，"一九三八年我路过哈尔滨（他将"尔"念成"拉"），道外有个桃花巷，有名的妓院都在那儿。城中心有卖大列巴的，跟锅盖那么大。"他试图做个手势，但失败了，"松花江水那个混浆浆的呀，简直没法跟黑龙江水比，现在哈尔滨还那样吗？"

"除了没有妓院外，大面包还有，松花江水也是混浆浆的。"我说。

"哼，妓院没明的，还没有暗的吗？这东西可封不住。"老人顿了顿拐杖，问我们在这里要住几天。马孔多告诉他我们是来看白夜的，之后他要到黑龙江源头进行漂流考察。老人兴致勃勃地问："是放排吗？"

"坐橡皮船。"马孔多说。

"那你们可得小心，黑龙江看着平，实际上险段也不少。到呼玛那一段有个黑龙口，黑龙就卧在水底，水流急，漩涡大，以前还吞没过大船呢。"他又问，"你媳妇也跟着去？"

马孔多笑着摇摇头。

老人吐了口痰赞同说："这就对了，别让女人跟着上船。"

马孔多冲我扮个鬼脸。

老人又说："我怎么看你看不太清，看你媳妇却看得清清楚楚？你闪来闪去的，走了魂似的，漂流要小心啊。"

马孔多吓得白了脸，我也陡然恐惧起来。老人不像其他人那样对马孔多视而不见，可他却看不清楚马孔多，能看清我，这岂不是咄咄怪事！

"你怕死吗？你活了这么大年纪了。"马孔多问。

老人笑了，"这还用问吗？能活这么大岁数，就是怕死啊！要是不怕死，我早就不活了！"他咳嗽了一声，"一想到人要死，我就哆嗦，等死的日子可真不好过。"

我们又随老人到他居室里聊起来。屋子不大，里面对称放着两张床，床单很整洁。东西两面墙上各贴着两张杨柳青年画，一个是童子抱鱼，另一个也是童子抱鱼，只不过鱼摆尾的方向不同，画面大同小异。老人指着他对面的床说："这个老弟比我小六岁，爱吃爱喝，爱吹牛，讲故事谁也不是他的对手。"

"他现在去哪儿了？"我问。

老人一捋胡须沉吟笑道："他迷上了烂杏，到烂杏那儿陪她说笑去了。"

"烂杏是谁？"我大惑不解。

"烂杏就是烂杏，是这院里的一个老妹子，六十八了，笑起来还嘎嘎的，年轻时没少风流呢。"老人说着，将床头一口紫色木箱打开，从中取出几样陈年旧物。其中有一方红色玛瑙石，透明若水，艳似残阳，老人说是五十年前在洛古河那儿捡到的。还有一条油渍遍布的猪皮带，又宽又长，扣眼已经烂了，老人说那是他女人当年亲手缝制的。马孔多用手抚了抚皮带，意味深长地看了我一眼，开始向老人询问当年采金的情况，俄妓好还是日妓好。这时天色转暗，是晚上九点多钟的时候了，太阳下山，微微的白光透进屋子，柔和的光影印在白墙上。我示意马孔多该去江边，西旸他们也许等急了，马孔多这才依依不舍地告辞。

我们加入了络绎不绝走向江边的人流。有闲狗擦着人的裤脚跑来跑去，听得见江边传来鼓乐的声音。

站在北极村的土岗上，可以望见狂欢白夜的情景。沙滩上拢着十几堆篝火，橘黄色的火焰分外娇艳。沙滩上空果然扯了一片五颜六色的彩灯，乐队在敞篷汽车上高高地奏着响亮的乐曲，一些人拥作一团跳舞，而更多的人是站在外围观舞。观舞人数的剧增使围内跳舞者的活动范围越来越小，最后他们就像蜜蜂一样抱成一团，分不清对数。沙滩旁边那条平静的江就是黑龙江。江面上没有月影，没有船和鸟，那般的和平，我甚至都听不到江水流动的声音。我和马孔多来到沙滩上。人简直太多了，出售旅游纪念章的棚子灯火通明，白色的棚顶使它看上去像是一座灵棚，充满了祭奠的气息。另外一座灯火通明的棚子是出售"白夜节首日封"的，棚子门前也涌动着叠叠的人。我俩有些失落地贴着江边走了一刻，后来在一簇篝火旁碰见了西旸。西旸建议我们去跳个舞，他的手中握着一个啤酒瓶。我提醒他到呼玛境内的黑龙口要格外小心，因为敬老院的一个老人说那是个缠人的漩子口。西旸点头称是。

我和马孔多打算找一处清静的地方，就朝岸边的灌木丛走去。繁杂的叶片当胸擦过，簌簌地响。脚下的草柔软湿润，我们朝深处走去。这时马孔多忽然拎了一下我的手，指着前方让我看，结果我见到了两个人赤膊接吻的情景。看他们那种如饥似渴的样子，肯定要有更深一步的接触。我们只好知趣地退出来，穿过热闹非凡的人群，沿着江一直向北走，直走得满眼是自然的景色，不见了彩灯，不见了人影，也听不到聒噪的音乐为止。我和马孔多坐在沙滩上。

我说，要有一堆篝火就好了。马孔多连忙点起一支烟，将红色的烟头对准我："这也算篝火吧。"他的声音听起来十分柔和。

那才是真正享受白夜的地方，多年来我和马孔多一直梦想这个时刻的出现。对岸俄罗斯的山峦黑魆魆的，山顶上的星星却光彩夺目。是晚上十点钟的光景了，亮带仍然显眼地横贯天际，虽然没有极光出现，但白夜的味道越来越醉了。没有了黑夜，脚下那蜿蜒曲折的路也就没有隐遁的可能性了。沿着这样的路走下去，可以望见高大的木刻楞房屋、幽深的水井、广阔的菜园、四散的猪舍和悬挂于屋檐下的辣椒、大蒜、鱼干。有的人家的木樟子上搭着充满江水气息的渔网，那银白色的网眼里还夹杂着碧绿的水草。哦，白夜照临每一家窗棂，每一寸和平的土地。我和马孔多拥抱在一起，是那种并不狂热的挚爱的拥抱。就在这个极其动人的时刻，我忽然提出了一个可笑的问题："你携一年轻女子去土拉故了？"

马孔多有气无力地放开我，垂下头，哀哀地看了我一眼，"那个小人又给你来信了？我不明白他追求女人为什么要采取这样一种方式。我又不是第一次去土拉故，他接待我们又是如此热情。他应该明白，你不接受他，并不是由于我的问题。"马孔多看上去有点垂头丧气，"在扫人兴上你是始终不渝的。"他点起一支烟，狠狠地吸了一口，然后抖抖袖子站起来朝高岗走去。我独自坐在那里，看着马孔多缥缈的身影。那形单影只的样子令我想起站在汨罗江边的屈原，这个不祥的联想很快使我陷入无底的黑暗。午夜时分天黑了，马孔多的影子不见了，这是北极村白夜中最真实的一幕，它要以一小时的黑暗为代价，来展览一场更为娇娆的日出。我设想着马孔多在黑龙江漂流的情景，没有女人的旅程会使他郁郁寡欢。这时马孔多忽然回到我身边，他用唇吻了吻我的耳垂，说："咱们在此分手吧，我看见了一个女人，她将和我远行。"

我没有说什么，但泪水却流向面颊。

"不想知道她是谁吗？我真应该告诉你，没想到在这儿遇见了她。我刚走上高岗，就看见了秋棠，她说她一路找我找得好苦。"

"她不是已经死了吗？哦，马孔多，别吓唬我！"我扑向他的怀抱，可他的怀已不再温暖。

"我从不吓唬我爱过的女人。"马孔多紧紧地拥抱我一下，"你现在就去西旸那里吧，明天就不要送我了。"

马孔多转身走上高岗，我拭干泪朝狂欢的人群走去。篝火微明，鼓乐散乱，已经疲倦的人坐在沙滩上期待极光的出现。我找到西旸，告诉他我要连夜回西林吉。西旸一惊，问："你不送马孔多了？"

"他又带了一个叫秋棠的女人。"我说，"明明是一个已经死了的人，他却说她活着，真让我害怕。"

"死人活在活人中，这是不足为奇的事，所以不必害怕。"西旸说，"凌晨一时有一辆县委的小车要返回去，我跟他们打一声招呼，你搭他们的车吧。明天上午我们将赶到源头恩和哈达，有关漂流的一些活动我会写信给你的。"

"请别和马孔多计较，他胃不好，别让他喝生水。"

西旸点点头。

我和西旸走上高岗，北极村尽在眼前了。曙色微明，那些高大的木刻楞房屋看上去十分朴素和宁静，我油然而生一种亲切感。沙滩上拥着如此多的人，而村子里却很安静。我忽然明白，我们都是朝拜日光的圣徒，千里迢迢，为的只是更长久地感受一次阳光的照拂。我们真的就如此缺乏光明吗？假如我们真的生活在黑暗中的话。

命案的结局和呼玛沉船

六月二十二日午夜十一时火车到达塔河站，我几乎不假思索就下了车。外面下着毛毛细雨，月台上奶白色的灯裹在雨雾中，朦胧极了。出站者把站台覆了雨的水泥地面踩得噗噗直响，验票员在飞蛾扑绕的昏暗灯下对着我的票查看了半晌，然后提示我："你的票是到加格达奇的，这里是塔河。"

我说："我就想在塔河下车。"

我出了站，站前广场上停着各种型号的接站车，司机大开着车灯，雨中的车灯恰似一轮轮蒸腾的月亮。我走下水泥台阶，步上另一条比较宽敞的道路。路灯一副活得很累的样子，虚弱苍白，一些熟悉的建筑出现在面前。走到十字街口的时候，行人几乎不见了，风吹雨打，暗夜行路，真有点探险的味道。我信心百倍地沿着向东的路一直走下去，不久就在路的尽头看到了墨一般乱泼着的杨树林和林畔喧嚣的呼玛河水，我的意识中蓦然闪出一点亮色。我沿着堤坝走向城北那片零乱的居民区。道路泥泞不堪，我不时掉进水洼里，没了脚踝。没有一个行人，除了我、雨、搅和着泥水的路面，就是那些陈尸般的房屋了。走着，走着，我看见了一幢有着高高门楼的房子，那长长的院子和大门外摞起的桦子和板方材，蓦然使我觉得家的存在。我熟练地找到门铃的位置，摁响它，三两分钟的等待后，屋子里的灯那么灿烂地亮了，它把整个雨夜都照得感动了，一股暖流通遍全身，屋门被打开，我听见了一个熟悉的声音："谁呀？"

"是我。"我泪流满面。

母亲惊叫了一声我的乳名，连忙出来开大门。我穿过整洁的院子进了屋子。母亲嗔怪我为什么不事先打个电报，这么远一个人从车站走来会有危险的。接着她拿出干爽衣服让我换上。姐姐一家人全都被扰醒了，小外甥睡眼惺忪地赤着脚跳下地，扯着我的衣角说："姨买糖。"

母亲问："这次回来能住几天？"

我说："我是去漠河回来路过这儿。我去看白夜了。"

"是吗？"母亲喜出望外地问，"你姥好吗？"

"我没见到她。"我说，"到北极村已经是半夜了，车只停了一会儿就回来了。"我撒谎的时候忆起了北极村的外祖母，她就住在黑龙江畔一座高大的木刻楞房子里，而那房子诞生了我。一切都回到我身边了，我曾在永安住过十五年，后来我祖父和父亲被葬在那里后我们就搬到了塔河。

"一次多么不可思议的旅行。"我对自己说。

我在那个温馨的雨夜中睡得很踏实。第二天早晨起床，屋外阳光灿烂，菜园一片青翠，母亲正在给柿子秧打杈。她对我说，最近出了两桩横事，一个出在呼玛，一个出在塔河。母亲说呼玛一艘私人运煤的船才走出呼玛没多久，就被黑龙口吞没了，这是继一九六七、一九八一年以来的又一次沉船。船无影无踪，人的尸首也捞不上来。

我问是不是到古莲河煤矿运煤的船，船主的妹妹在江边开了家饭店？

母亲怪异地看了我一眼，"你已经知道了？船主的妹妹真的是开饭店的，听说她天天站在岸边哭，神色不大对了。"母亲叹息了一声。

看来马孔多拒绝上船是有道理的。

母亲接着又说塔河发生的一桩凶杀案："站前广场荣兴清真饭馆的老板娘秋棠让人给杀了。身上挨了十七刀。除了在炉膛里找到一把已烧得不成样子的匕首外，再也没有其他线索了；死者的男人天天到公安局去哭，要他们尽快找到凶手。唉，这种对女人痴心的男人真是少见了。"母亲将打下的柿子权扔到院外。

我问："秋棠下葬了吗？"

母亲说："解剖完就下葬了。"

我说："难道没人怀疑秋棠的男人是凶手吗？"

母亲大惊失色道："不要乱说！一日夫妻百日恩，下得了手吗？再说秋棠死后，那男人总是哭，不想过日子的架势。店也要给卖了，人家都看上了那地段，但又嫌出了杀人案，犯忌讳，一时还难出手。"

"不久他会和一个裁缝结婚的。"我说。

没人会相信一个精神漫游者发自肺腑的证词的。没有。我返回屋，坐在矮板凳上喝一碗金黄色的小米粥，粥的颜色和味道都是上乘，很对我的胃口。喝完粥，我穿上胶鞋到菜园中帮母亲给柿子秧打权，那被打下的秧权流出的又浓又绿的汁水，弄了我满手。

又两封关怀来信

　　七月三日凌晨五时我回到了哈尔滨。公共汽车才启动不久，里面空得很，我拣了靠窗的位子坐下。一些老人在街心花园练气功、舞剑、扭大秧歌，小商贩把卖早点的摊子支满了街角。油条、大饼、豆腐脑、绿豆粥、锅烙、豆浆，是这个城市早点的统治者。来自近郊做生意的农民背着新鲜蔬菜沿着林荫道朝农贸市场走去，虽然是早晨，空气凉爽得很，可他们已是汗流浃背了。汽车沿着奋斗路有条不紊地行驶，沿街的铺子大半还没开张，花花绿绿的牌匾比比皆是，令人眼花缭乱。儿童乐园早市那儿聚了黑压压一带人。马家沟石桥上出劳务的农工密密地排成行，等待雇主的挑选。又是一个平常的庸碌的城市中的日子。我在图书馆下了车，走向自己遥在八楼的小小居室。毕竟那是自己的屋子，虽然打开屋门灰尘累累，但见到了那些熟悉的物件仍然十分亲切。我打水擦地，吸地毯上的灰，将脏了的窗帘换去，又把那套银灰色的家具擦得一尘不染，然后才心安理得地上床歇息。我望着白色的天棚，想起了马孔多，想起了漂流队，我已隐隐觉得这次与马孔多不同寻常的旅行意味着他与我的永诀。我下楼打开那像骨灰匣一样的信箱，从中取出两封信。一封是西旸的，一封是那个住在鸡屁股底下的中年男人来的。

　　西旸的信是这样写的：

　　　　我相信你已经回到了哈尔滨，茅塞顿开了。我的本意是想把马孔多的灵魂从你身上引开，所以可以毫不犹豫地预言那个做鬼也风流的马孔多已经死了。他以最恰当的方式死了，这肯定是现实的结局。但愿我这样说没有伤害你。

昨天我们在金山一带闯入绝户网，所幸没有遇难，也许是马孔多灵魂的庇护吧。

别为自己此次怪异的行为感到恐惧，你只要想想那是人的行为，就是正常的了。所以不必去看医生。不是每个人都有那种与真正的灵魂结伴出游的机会的，要相信自己。当我在黑龙江上漂流，一连几个小时不见人烟，被青山、白云、江水和鸟鸣所团团围住时，我才明白，生命是如此渺茫，又如此充满希望。如果你已经确证了马孔多的死讯，请代我给他焚几张纸。

西旸

我打开了另一封信：

我想首先应该告诉你这个不幸的消息，马孔多离开土拉故后，已于六月十五日晚上七时许在由喀什去西藏的公路上死去了。那是一场罕见的车祸，一共死了五十七人，其中有三十六个男人，马孔多是其中之一。他北京的单位已经派人来处理了他的善后问题。

我想人活着就是为了不断承受各种苦难的。你从未来过土拉故，这里的天空和空气都对你非常有好处。这

么多年来我一直盼望你有一天突然出现在我面前。我相
信马孔多能给予你的，我也都能给予，甚至更好。

我期待着，不是你的信，而是你的敲门声。

× × ×

放下两封信，我开始回忆六月十五日黄昏，当马孔多殁于多灾
多难的新藏公路上时，我在干什么。毫无疑问，那时我正看电视，
那个风度翩翩的男主持人站在熊熊炉火旁，我凝视炉火的那一瞬间
看见了悄然而进的马孔多。他微笑着向我走来，我产生了与他去看
白夜的想法，于是六月十六日我买好了车票，事情的过程就是如此
简单。

我坐在沙发上，看着那册中学时代用旧了的以蓝色为基调的地
图册，为自己一生中最重要的一次旅行的过早结束而黯然神伤。地
图中那个频频出现的广阔蓝色，该是人死后去的地方吧。

原野上的羊群

抉　择

于伟将吉普车开到沙滩上，灰蒙蒙的江水像张旧照片一样出现了。

"快看，前面有条打鱼的船。"于伟说。

按照他所指的方向，果然有条船正单调地摇来，船上的两个男人都衣裳暗淡，仿佛年代久远的无声电影中的两个人。

"真像《日出》中的两个人。"我脱口而出。

"曹禺的那出戏？"于伟漫不经心地问。

"不，是一部美国片。"我心事茫茫地说，"主人公是一男一女，他们常常来到河边幽会。女人划着船，戴着宽檐的大草帽。"我絮絮叨叨地说着："无声电影表现爱情最为恰当，而且，一定要是黑白片。"

"古典主义情怀。"于伟无聊地按了一下喇叭。

那条船离我们近了一些。他们开始忙忙碌碌地起网。网同江水的颜色是一致的，灰白陈旧。没有闪闪发光的鱼鳞出现，他们的收获是虚空的。

"看来一条鱼也没打着。"我说。

"这种季节怎么会有鱼呢？"于伟说。

深秋了。杨树脱光了叶子，岸边的红毛柳也不再柔软鲜艳。虽然初雪还未来临，但从枯黄的落叶上的白霜以及灰蒙蒙的天色上，完全可以感觉到雪在胚胎中即将孕育成熟的气息。

那条小船载着空落落的网慢慢向回返了。划船的人在船尾东张西望着，而另一个人则缩在船头，怕冷的样子。那船离我们越来越远。

我和于伟再无话了。我们将目光转向岸的另一侧，那有一条残破的挖沙船，岸上支着一个帐篷，几个民工正在挖沙，他们也是衣裳暗淡。一阵风吹过来，我看见江面上有了起伏的波纹，仿佛整条江在发抖。我掀开车门，走向岸左侧的一片芦苇丛。风将我的头发吹得飘起来。我看见芦苇在风中低吟曼舞着，黑色的淤泥上仍然积着一汪汪汛期时残留下的污水。我不能深入到芦苇丛的腹地，只能隔着淤泥与它相望。

八方台镇的轮廓就在这芦苇背后单调地呈现着。这是一个即将让我对它做出决定的镇子。

我走回车里，搓着冻得发红的手。

于伟侧身朝向我，说："想好了？"

我说："走。"

于伟发动引擎，车胎陷在沙地上，他加大马力，一股股细沙从车轮下被卷起来，将车窗玻璃打得"唰唰"地响。吉普车颠了几下，像个自恃清高的老爷子一样哼哼哈哈地驶出沙滩。我们沿着那条坚硬的黑土路朝前走。于伟将车开得极慢，我能看见路上已风干了的牛屎饼和马粪蛋，以及一些苍黄的枯枝败草。天色渐晚，冷了一天的太阳在沉沦前竟意外地蓄积了一股能量，它的颜色开始转红。

"哪个方向？"于伟轻声问。

前方的路开始出现岔头，宽阔的是通向回城的路，而那条坎坷不平的窄窄的土路则是通往八方台镇的。

我指了指那条宽阔的路。

于伟将车停下来，但是并未熄火，因而我能感觉到车在微微颤抖着，仿佛一个人在发怒。

"为什么？"于伟有一些不耐烦地说，"已经多少次了，你总是临阵脱逃。你究竟怕什么？如果今天我们不去，那孩子就永远不会是我们的了。"

"他本来也不是我们的孩子！"我激烈反驳着，"我受够了。咱们离婚吧，这是最好的结局，对你我双方都有好处，我们彼此也就……"

"又是老话！又是说这些没用的！"于伟气急地按了一下喇叭，惊飞了不远处枯树上的一只乌鸦。

"孩子可以不要——"于伟的声音软了下来，"可是婚是不能离的。"

"可是你渴望有一个孩子，你已经四十岁了。"我终于控制不住地痛哭失声，"我无能为力，而且，我无论如何也想象不出怎么给一个陌生的孩子当母亲！"

"好了——"于伟微微叹了口气，"别哭了，我不会再提这件事了。"他伸出手揉了揉我的头发说，"我知道，你要是有能力，你会情愿给我生一大堆孩子，像羊群一样。"

"可是没有孩子怎么办？"我说。

"不也一样过嘛。"于伟努力笑了一下，"而且比别的夫妻更加如胶似漆。"他试图调节一下气氛，"星期日还能一起开车出来兜兜风，挺不错的。"

"其实解决问题的办法很简单。"我止住哭泣，"你只需再找一个女人。"

"又来了，我说过多少次了，你是我妻子，这一点一生都不会改变。"于伟轻声说，"情话都让人说滥了，老夫老妻的了，我就不必再表白了吧？"

"你本来也没什么可表白的。"我嘟哝一句。

"女人真是要命，最喜欢听无聊的话。"于伟微微叹了口气，"我说完一句话，你可不许再旧话重提了，而且，别再流泪了，你知道我拿你的眼泪没办法。"

于伟下了车，在风中站了一刻。他的茂盛的头发被吹得蓬蓬勃勃的，使我联想到冬季里旺盛的炉火。他再次回到车里时用手拍了一下我的肩膀，"好了，我们回城。"他压低嗓音补充一句，"我永远舍不得休你。"

吉普车晃了一下，从一条沟坎跃上通往城里的宽阔的道路。我望了一眼八方台镇，落日已变为猩红色，它正如火如荼地沉沦。八方台镇的房屋看起来影影绰绰的。我只觉得心底一股浓浓的渴望终于冲出心扉，我急忙说："于伟，快停车！"

于伟踩了刹车，"怎么？"

"去八方台镇。"我说，"我想要那个孩子。"

于伟吃惊地看着我，他怔了半晌才说："别勉强自己接受不喜欢的东西。"

"不是东西！"我激烈反驳，"是我们的孩子！"

"你可别后悔，再想一想。"于伟说，"我最不愿意看到你难过。"

我目不转睛地盯着那轮辉煌的落日说："快去那个镇子，我听见那孩子在呼唤我。"

的确，我听见了落日燃烧的声音，那是一种生命在行走的声音，一种生命在呼唤的声音。

三个人

八方台镇迷宫样的格局使我们备受周折。车子绕来绕去，总是见到一样的房屋，一样的小庭院，一样的猪舍和鸡架。甚至缩着头走在篱笆外土路上的人也都是同一种表情。我们不得不停下车询问一个老人：王吉成家该怎么走？那老人穿件单薄的黑夹袄，双手抄在袄袖，瘦削的脸，紫嘴唇，说话时有点哆哆嗦嗦的。他努了一下嘴，指着车停着的地方说，那就是。我们谢他的时候，他的眼睛忽然掠过一丝悲哀的表情。

我和于伟面面相觑，我们吃惊得说不出话来。我们并不知道王吉成家的确切位置，可我们的车就停在那里。于伟拉了一下我的手，鼓励我走进那个庭院。

我最先看到了房前窗下的一小块花圃。经霜后的波斯菊和罂粟花的枝蔓颓然地纠缠在一起，有两只秃头的鸡在土里扒来扒去。沿着花圃的墙壁向上看，可以望见形形色色的菜籽一把把地垂吊着。如果说这古旧的房屋很像一个沉默而神秘的印第安人的话，那么这些在晚风中微微摇曳的菜籽就是印第安人身上斜插的羽毛了。苍黄的沙地上不仅有鸡屎，还有狗遗下的粪便，不过没有听到狗吠，想必它此刻失职于主人，不知去哪里撒欢了。门的左右两侧堆着一些杂草、脏水桶、铁锹、废纸箱等东西，而门楣上则插着艾蒿和被风吹雨淋后泛出纸钱颜色的葫芦，那是端午节留给这家的永久纪念了。

于伟拉开了门。我紧紧握着他的手，我心跳加快，手心出汗，仿佛做贼一般。天色已经很晚了，可屋里仍没开灯，一股难闻的气味扑面而来。我在黯淡的光线中看见了灶台和几样餐具，土墙上挂着笊篱和竹帘，这些东西看上去给人一种出土文物的感觉，宁静而庄重。

于伟和我通过灶房走向里屋。于伟站在门前问了一声："王吉成在家吗？"他的声音微微颤抖，想必他同我一样有些紧张。

屋里没人搭腔。但是门却突然被推开了，一个五六岁左右的女孩子噘着小嘴气冲冲地望着我们。我们知道这是王吉成的长女了。她眼泪汪汪地望着我们，不情愿地闪开了道。

一个高个子中年女人从土炕上趿着鞋下来召唤我们。她眼圈红肿，头发却很利索，像是刚刚梳过，说话时鼻音很重，想必她已经哭了一刻了。

油漆脱落的矮柜上放着两个油腻腻的玻璃杯，她端起暖水瓶为我们倒水，我看着她姣好的背影。她边倒水边说："以为你们不来了。"

"路上有点事耽误了。"于伟结结巴巴地解释。

"刚才我听见了车在响，我就知道你们来了。"中年女人倒完水，回转身递给我们。水是烫的，可她看我们的目光却是寒冷的。

我们将水杯放到窗台上，不约而同走上前打量炕梢躺着的那个孩子。他盖着薄薄的磨出了洞的线毯，香甜地睡着。于伟用手掌轻轻地拢了一下他的头发，充满慈爱地看着他，然后又轻轻用手指抚了抚他的鼻尖和嘴唇。于伟的这种温存举动使我的眼泪汹涌而出，他是太需要一个孩子了。

"这孩子觉很轻，如果你们再碰他的耳朵，他就会醒的，他的耳朵可灵呢。"中年女人微微叹了口气，"他睡了二十多分钟了，再有一会儿就该醒了，他的觉不长。"

那个小女孩将窗台上的那两杯热水倒进花盆里，中年女人见状气急地扯过她，拍打着她的背呵斥道："这么不懂礼貌，客人还没喝呢，花秧也得给你烫死了，还不快出去玩！"

那女孩子并不反抗，也不哭，她在挨打时恨恨地看着我们，一言不发。

中年女人气咻咻地拉亮了电灯，昏暗的光线下熟睡的婴儿露出了微微的笑靥，也许他正做着甜美的梦。他的嘴不大，小巧的鼻子，眉毛弯弯，眼睑微微凹陷，肤色白净，是个很漂亮的孩子。

中年女人说："说心里话，我真舍不得放他——"她抽噎了一下，"可是你瞧，老大——"她指了指那个充满反抗情绪的小女孩说，"已经六虚岁了，老二是个男孩，四岁了，现在跟他爸爸出去了。拉扯这三个孩子真不容易，还有这老三是超生，在外名声不好听，听说你们很想要个孩子，送给你们去养敢情是个好事，我们也算做了亲家。"

"王吉成不在家，你能做主吗？"于伟问。

"他受不了眼见自己的孩子让人给抱走，所以才早早就领着老二走了。走了一天了，午饭都没回来吃。"

"这孩子现在能吃些什么？"我小心翼翼地问。

"他七个月了，主要是吃我的奶。"女人有些愁眉苦脸地说，"你也知道咱农村人坐月子也吃不上个啥，几顿小米粥和几个鸡蛋就算好的了，所以奶水也不旺。"她看了看于伟说："你们经济条件好，可以给他喝奶粉，再少喂一点鸡蛋黄。等到一周岁后，就可以喝些粥了。"说完，又心神不定地盯着我，问："你肯定不会再要孩子了吗？"

"我不能生育。"我有些难堪地说，"否则也不会——"

"有的毛病是能治的。"女人咄咄逼人地问，"你的病是不能治的？"

我点点头。于伟爱抚地将手搭在我的肩膀上。

"这孩子生在三月初八，晚上六点多钟。"女人开始介绍孩子的习性，"他不喜欢睡热炕，穿衣服也别给穿太厚了。他怕惊，胆有点小，不过小孩子都会这样的。你们看他头发长得不太好，以后可以常常给他剃剃头，好发发头发，最好阴历二月二的那天剃，那是'剃龙头'的日子。他喜欢吮手指头，你们别担心，他一岁以后就会好。"女人最后拿出一沓钱说："这是吉成做手艺换来的六百六十元，取个六六大顺的意思，算是托你们抚养的一点零花，不好意思。"

"这怎么？该我们给你——"于伟迟疑着。

女人不容分说，"那成什么体统啦，拿着。"

"王吉成平常在家干些什么？"于伟问。

"孩子他爸手艺不错，干个木匠活还没问题。原先收成好时，冬天还能到要结婚的人家打打箱子、柜子、桌子和椅子。"

我说："你放心，我们会好好待这个孩子，将来让他受良好的教育。"

"你们也尽管放宽心。"女人说，"只要孩子给了你们，我们就不会进城去看他的。"女人的声音开始发颤，"只求你们把他当亲生的孩子对待，别让他受委屈。"

"我们保证。"于伟说。

于伟看着那个始终沉默着的眼泪汪汪的小女孩，她穿着件蓝地碎花布袄，梳着两根羊角辫，头发又黄又稀，尖尖的下巴，一双极其宁静的大眼睛。

于伟掏出五百元钱递给那个小女孩，"这是叔叔送你的，等你将来上学当学费用。"又转身对那女人说："以后家里有什么难处，只管跟我们说，还有老大、老二的学费，我们包了。"

那女孩子却朝后退了一步，然后缩在墙角，将双手背到身后，呆呆地看着。她突然"哇——"的一声大哭起来，"我要小弟弟，我要小弟弟！"

她如火山爆发般的哭诉将熟睡的婴儿给吵醒了。炕上的孩子一骨碌爬起来，也跟着哭了起来。女人忙着去抱炕上的孩子。我们都起身去看那个孩子。他撇着小嘴哭个不休，他那圆溜溜漆黑的透出聪颖之光的大眼睛湿漉漉的。当他发现我和于伟后，他不哭了，而是紧紧偎在女人怀里怯怯地看着我们。

"他有些认生，今天晚上可能你们要遭些罪。"女人说，"不过三四天以后就会好的。"女人俯身亲了亲孩子的脑门，"你们亲他时不要亲腮帮子，那样小孩容易流口水。"

我们点头称是。

"让我再喂他一遍奶吧。"女人说，"让他吃饱了再走。"女人解开上衣的纽扣，于伟连忙走开去哄那个抹着眼泪的小女孩。一只松弛的乳房耷拉下来，乳头不是草莓色，而是深褐色，孩子一口叼住奶头，很香甜地吮吸起来。屋里一片寂静，只看见灯下的女人用力挤着奶，她恨不能将所有的乳汁都喂给他，孩子无忧无虑地鼓着腮帮边吃边望着他的妈妈。吮奶的声音听起来是那么亲切。我几乎没有勇气从这个女人的怀中抱走这个孩子了。喂过奶，女人又亲了亲他的脑门，然后将他放到炕上用线毯包好，颤抖着递给我。我紧张得几乎窒息，喘着粗气接过这个孩子。孩子一被我抱起便呜呜哭了起来，他挣扎着，想伸出小手去抓他的妈妈，女人泪流满面地说："你们快走吧。"

我和于伟连忙朝屋外走去。走到门口时，那小女孩上来抱住我的一条腿不放，并且用牙齿来咬我的腿，幸而我穿着毛裤，没有感觉到强烈的疼痛。女人上前一把扯走女孩子，我们走出门后听到屋里传来哀恸的哭声。

我们连忙上车，于伟发动着了车，孩子一直哭个不休，我忙得满头大汗，不知所措，也跟着哭了起来。

那轮血红的夕阳已经沉落了。暮色浓浓地笼罩着八方台镇，于伟打开车灯，我们朝镇外走去。一路上我们没有碰到行人。出了镇子后，前方的道路宽阔起来，起伏的原野一望无际地袒露在我面前。那孩子渐渐止住了哭声，惊奇地看着前方的道路。我的心慢慢平静下来，也不再流泪了，于伟侧头微笑着看了我一眼，然后说："我们的孩子真不错。"

"他是你爸爸。"我对孩子说。

于伟目视着前方，将车开得飞快，大概是希望早点离开八方台镇吧。我将孩子的双手从线毯里拿出来，然后掏出一支笔让他玩。孩子攥着笔，快活地把玩着。我的心底忽然漫过一股暖流，我们终于有了孩子了。我们的家从此不再是两个人，而是三个人了。

我们一家三口在原野上飞驰。

八方台镇不见了。

芦苇的世界

孩子到家的当夜我和于伟彻夜未眠。小家伙哭了半宿，最后哭倦了，吃了半瓶奶，才睡下了。我和于伟关掉灯躺在床上商量该给孩子请个什么样的保姆，我倾向于请个年轻的小保姆，手脚麻利，会逗孩子玩，关键要会说普通话；而于伟则倾向于请一个身体好而年长的妇女，因为她们带过孩子，有经验和耐心。最后是于伟的提议占了上风。商量完给孩子请保姆的事，是下半夜了，我们又商量给孩子起个什么名字。于伟说孩子不兴随他姓，可随我姓白。我便脱口而出就叫他"白芦苇"吧，小名也叫"芦苇"。于伟说，芦苇就芦苇，挺浪漫的一个名字，只是希望我儿子长大了不是个情种。我们又说了一些如何给孩子上户口，如何为他添置童车、玩具、衣服等等事情。说得东方即将泛白，我们都困得支持不住了，于伟拥住我悄声在耳畔说："看来假日的节目必须取消了，我看你很累了。"

"你自己不也一样力不从心了吗？"我调侃他一句，他嘿嘿笑着默认了。才睡没有多久，我们便被孩子的哭声吵醒了，小家伙将毯子蹬飞了，光着屁股哭得红头涨脸。我手忙脚乱地将他抱在怀里，于伟拍了拍孩子睡过的小褥子，愁眉苦脸地说："全尿透了。"

这个刚刚有了名字的芦苇任我如何哄他都不止住哭声，于伟急得抓耳挠腮地为他扮鬼脸。以往我生气时于伟就这样哄我，几乎是次次奏效。可芦苇却不吃这一套，他越看他扮鬼脸越是哭。于伟只能拉长着脸把柜子上能吸引小孩子的东西一样样地都拿来。他对它们也不理不睬，直到一个心形小闹钟出现了，芦苇才抽抽噎噎伸出了手，并且不哭了。我们连忙给他换上干爽的褥子，又忙为他冲了一瓶奶。玩过闹钟，又喝过奶，他便安静地睡了，我们这才松了口气。天已经亮了，我煎了两个荷包蛋，切了几片面包，又煮了两杯牛奶，我们面对早餐都有些无精打采，于伟的眼圈还布有血丝。我有些沮丧地想，我们是否犯了一个严重的错误？

"别担心，过几天就会好的。"于伟安慰我，"相互要有个熟悉过程。"

"的确，"我有些赌气地说，"我小时候抱小狗崽回家，狗崽还接连叫好几天呢。"

于伟努了一下嘴，忍不住笑了，"瞧瞧你，真是——"

我也笑了，"嗨，抓紧请个保姆来。"

于伟说："最好是我们和芦苇先熟悉一段，我们是他的父母嘛。如果保姆一到，他反把保姆当成主人，我们倒在其次了，明白我的意思吗？"

"当然。"我说，"不过物色到一个好保姆也要一段时间。"

以往于伟上班后，家中只我一人，我便可以安安静静地坐在画室里画画。画倦了，便听听音乐、翻翻书、喝喝茶。现在则不一样了，我刚刚打扫完房间，还没来得及洗手，芦苇又醒了。他是哭着醒来的。我连忙上前抱起他，左摇右晃地哄他，给他唱童谣，然而这一切努力都无济于事。芦苇在我怀中扭来扭去，我不知道该怎样对付他。他为什么哭？要奶、玩具还是要拉屎？我正迷惑不解时，他突然止了哭声，端起肩膀圆睁双目，打了个激灵，一副极庄严的表情。正在我蹊跷不已时，我托着他屁股的手感觉到被一团柔软而热乎乎的东西溢满了，一股臭气随之弥漫开来。那一时刻我慌乱极了，竟不知该如何为他把屎，脑袋木木的，反应不过来。最后错误已经无可挽回，他拉完了屎，而我的手掌则如同涂了厚厚的金黄色颜料。我先用手纸草草地擦了一遍手，然后又擦他的屁股，接着烧水为他洗澡。当我将他赤条条地放入澡盆中时，他竟然咯咯地冲我乐了。这是儿子第一次冲我笑。

一周过去了，芦苇已经安静下来，夜里不再哭闹了。于伟将儿童商场有趣的玩具买回了一大堆，他有了他应有的一切。他知道与我亲近了，我伸手抱他的时候，他也会张开小手来迎接我。他开始在吃饱喝足之后咿咿呀呀地说着什么，并且不厌其烦地玩着玩具。一个午后的日子，他吃饱了奶在童车里爬来爬去，他穿着一套天蓝色的毛线裤，每每他在抬头的一瞬看见了我，就会甜甜地会心会意地冲我一笑。我突然灵感勃发，连忙支好画架，就坐在他的童车旁画了一幅《午后童车上的芦苇》。我在用光上极其小心，那光不浓也不淡，泛着晨曦中泉水的那种光泽。芦苇几次好奇地爬到童车旁，用手把着栏杆，看着我作画。我冲他笑的时候，他就备受鼓舞地用手掌拍得栏杆啪啪响。

晚上于伟回来后先是去抱孩子，他抱着芦苇来到窗前，指点着汽车、行人、广告牌给他看，芦苇哇哇叫着，仿佛听懂了似的。就在于伟转身的一瞬，他发现了我放在角落里的那幅《午后童车上的芦苇》，他"呀——"地叫了一声："这幅画简直太棒了！"

我从厨房探出头得意扬扬地说："那当然。"

"一幅充满温暖的画。"于伟说，"不像你前一段的作品，阴冷恐怖，我看到的除了萧条的景色就是变形夸张的人。没有了大片的浅灰和深褐色，画面这么柔和、明朗，这蓝色用得恰到好处，还有光，真是好极了。"

"感谢芦苇。"我说。

"感谢我们的儿子。"于伟使劲亲了一下孩子的脑门。

半月之后，芦苇已与我们相处得亲密无间的时候，保姆到了。那是个五十七岁的女人，面色白皙，目光沉静，彬彬有礼，是大学的退休老师。她姓林，我唤她"林阿姨"。开始的几天我对她抱有担心，怕她不能吃苦，不肯给孩子擦屎把尿。然而事实证明我的担心是多余的。她不唯能吃苦，而且干净利落，从不多言多语，芦苇非常喜欢找她。闲谈中我得知她的老伴去世了，唯一的女儿又远在美国。她整天一个人待在家里憋得慌，所以就出来找点事情做。

"怎么会想到当保姆？"我直言不讳地问。

"我听说这孩子的家长是白絮飞。"她坦诚地说，"前年我看过你的个人画展，有一幅画叫作《地上的流泉》，给我印象极深。"

"你喜欢画？"我颇为吃惊。

"我已故的老伴和我都喜欢画。"她说，"他闲暇时喜欢画水墨画，无非是些竹子、葫芦、牡丹、菊花、马、兰草之类的东西。"她说到往昔时眼神泛出一股格外柔和的光芒，"不过我对水墨画兴趣不大，我喜欢油画。"

"那你自己画过吗？"我追问道。

她笑了笑，轻轻将偎在她怀中睡着的芦苇放入童车，然后说："画过几张，不过不得要领，你知道我没有受过专业训练，第一次面对颜料时竟不知该如何下手。"

"可你还是画过了！"我惊奇而兴奋地说，"什么时候你回家取几幅你的作品让我来看看。"

"其实我把它们带来了。"她有些拘谨地说，"没敢拿出来让你看。"

天色已近黄昏，屋子里响着芦苇入睡时微微的鼾声。我坐在画室里等待她把画拿来，那种忐忑不安的心情与去八方台镇接芦苇一样。时光一分一秒地过去，因为热切期待我觉得每分每秒都发出一种金属般悦耳的回响。她终于将她的画惴惴地拿进画室，她说话时声音有些紧张："就四幅画，要是看完第一幅你失望的话，其余的就不要看了。"

我坐在窗前的藤椅里，她则站在门前一米左右的地方，我们之间相距五六米，我吩咐她再稍稍走近一些，俨然以一个鉴赏家的口吻。她顺从地向我靠近些，当我觉得跃过窗口的夕照给她的脸打上了一层极为柔和的色调时，我小心翼翼却急切地说："刚好，快拿出画！"

她俯身将画放到地上，然后拈起最上面的一张，两手捏着边角轻轻展示给我。为了不使画颤动，她敛声屏气凝神不动，仿佛一尊雕塑。

我惊呆了：一个金黄色的舞女在我眼前飞快地旋转着。我看不到她的眼神，她的头颅小小的，双臂张开，漫长而沉重的裙裾几乎占据了整个画面。从她微微歪着的头颅和呈火焰状的裙子上面，能感觉到她正舞在生命的最高潮时期。她热烈、孤傲又有些阴郁。

我急忙说："拿第二幅。"

还是那个金黄色的舞女，她站在酒吧的柜台前拈着一个酒杯轻轻啜着。扎着领结的年少的服务员目瞪口呆地看着她，背景有一些星星点点的紫罗兰花。

第三幅的舞女面色苍白地坐在拱形门前疲惫地看着自己的双手。那双金黄色的手纤细柔软，背景有一个端盘子的侍者和一个大腹便便的吸烟者。

第四幅的舞女高高地坐在酒吧台前，一只脚微微跷起，露出了一部分乳白色的短裤。她放浪形骸，笑得惊天动地，牙齿暴露无遗，有两个矮瘦的男人在笑着撩她的裙子。画面左上方是一盏橘黄色的灯。

我微微闭上了眼睛，我有些怕见到这个把金黄色发挥得淋漓尽致的女人。她的心灵深处该有何等的痛苦和激情才能把画作到燃烧般的地步？的确，她不大懂得绘画技巧，但她的色彩感却是如此强烈。一个不苟言笑的人竟会把最灿烂而危险的金黄色驾驭得如此纯熟自如，真令人难以置信。我们互相望着，许久都没有说话。最后她开始俯身将这些画拢在一起，我突然问："这舞女是中国人，而背景中的人却都是外国人，这是怎么回事？"

"一个中国姑娘在外国当舞女的故事。"她平淡地说。

"这舞女真是迷人，你认识她？"

"她是我女儿。"她平静地说，"她从小就不安分，很喜欢跳舞，喜欢香烟和烈酒，喜欢找男人。她简直就不像我生的孩子，当时我和她爸爸都为她感到难过。"

"她怎么出的国？"我问。

"她不喜欢上学，高中都没上就跟着几个生意人到广东跑买卖去了。后来因为卖淫被公安机关收审。一年后她出狱遇见一个美国商人，他把她带到美国，开始时过了一段好日子，后来她被抛弃了，就去酒吧当舞女。"

"你没去美国看过她？"

"从来没有。"她说，"我也不想见到她。她爸爸死的时候没有合上眼睛，我知道他仍在惦记这个不争气的女儿。"

"可从你的画中我感觉到的是你对她浓浓的爱。"

"那是因为她快死了。"林阿姨凄凉地说，"她写来了一封长长的信，并且寄来了十几张当舞女的照片。她总是穿着一条金黄色的长裙子，我的女儿——"她终于抽噎起来，"她是那么迷恋金黄色……"

"她得了什么病？"

"艾滋病。"她说，"她在信中竟然还说这是上帝赐赠她的最幸福的死法。她称艾滋病是人类最美丽的病。"

"她的确与众不同。"我说，"可惜我无缘结识她了。"

"她就是个动物，是狗、是猪、是狐狸。"林阿姨说，"可我总忘不掉她，我便拿起了画笔。我希望在画她的时候能忘却她，可不知道怎么的，我越画她就越想念她。"

我正不知该如何劝慰她，芦苇醒来的哭声把我们从一种感伤的情境中拉回现实。我和她同时跑向芦苇。芦苇见了我委屈地扑过来，用柔嫩的小手抓我的脸，我的眼前突然闪现出芦苇的亲姐姐抱住我的腿不让她弟弟离开家的情景，一股辛酸感使我更紧地抱住了芦苇。

"我想我忘不掉我的女儿，完全是因为她身上流着我的血。"林阿姨一边给芦苇冲奶粉一边说，"尽管她不承认是我的女儿，可她是我生的。血缘关系简直无可替代，哪怕它隐含着罪恶。"

她的话无意当中深深刺痛了我的心。

于伟整天忙于公司的事，但只要是有了假日，他便整天和芦苇待在一起。他抱着芦苇那副亲昵的样子使我的心底常常泛起一股悲哀，人是如此不可抗拒地需要一个后代。于伟常常把孩子放到地毯上，和他一起爬来爬去。孩子由于兴奋而急促地笑个不停，嘴角流出口水。我们不再拥有星期日开车去农村兜风的那种日子了。

芦苇开始长了两颗雪亮的白牙，他能吃鸡蛋黄了，而且渐渐在爬的过程中努力向墙靠近，倚着墙摇摇晃晃地站起来，试图能走出一两步。可他总是刚迈出一步便又扑倒在地。这时候冬天已经来临，气温下降，林阿姨为芦苇做了棉袄、棉裤、棉肚兜，还做了一双十分好看的虎头鞋。逢到周日她便回家打扫一下无人居住的房屋，取来一些适用的东西，她还抽空看了两本我推荐给她的书。久而久之，我们一家三口都喜欢上了她。

然而不愉快还是微妙地降临了。

快到圣诞节的时候，接连降了几场大雪，街上一片白茫茫的。我坐在窗前画雪后的城市。这时林阿姨抱着芦苇朝我走来，问我这孩子从一生下来就怕惊吗。我问怎么了。林阿姨说："我不小心将一盒录音带碰到地上，声音算不上很响，可孩子却吓白了脸。"

我极其脆弱地说："的确，他从小就怕惊，胆很小。"

"你怀他时大概水果吃得太多了。"林阿姨说，"要是多吃点肉恐怕他会更结实一些。"林阿姨笑着打趣道："我也不懂这些，全是听人胡说的。不过肉吃多了生他就困难了。"

我只能顺水推舟，"肉和水果都没少吃。"

"你和于伟年纪都不小了，这么晚才要孩子，全是为了事业吧？"

我真不明白她那天为何如此饶舌，如此刨根问底。为了表达我的不满，我说："林阿姨，以后我作画时最好不要来打扰。"

她愣怔了一下，脸色发灰了，她一边道歉一边抱着芦苇退出画室。我的眼前又出现了她的那几幅关于女儿的油画作品，那种洋溢着难以割舍的亲情的作品，我便觉得自己过分了，便主动找她说话。

"我推荐你看《红磨坊》吧。"

"《红磨坊》是什么？"她问。

"写克鲁斯·劳特雷克的。他是法国的一位著名画家，下肢畸形，是个侏儒。他生前常常去红磨坊，就是酒吧场所，那里有妓女和舞女。他把舞女简直画绝了。"我补充道，"他的红色用得极其得体。"

"妓院就该是这种颜色。"她笑笑。

我们之间的短暂隔阂就此消解了。

然而第二次不快竟像流感一样很快袭来。

圣诞节的那天，于伟提前下班回家。他为我、芦苇和林阿姨都带来了礼物。我们不像西方那样有火鸡可吃，就以烧鸡代替。芦苇见我们吃肉也伸出手来要，我怕他消化不良就加以制止。可林阿姨还是撕了一条肉递给他，芦苇将肉吞掉了。因为过节，我不想破坏气氛，便没有说什么。可到了临睡的时候，她又突然向我要芦苇婴儿时的照片，"我想看看他一个月和百天的样子。"

我触电一般立在那里。于伟连忙上前解释道："这孩子还没有拍过照片，实是因为工作太忙了，顾不上。"

"你们对孩子也太不经心了。"她半是责备半是遗憾地说，"我真想看看他几个月前的样子。"

"过几天是新年了，我一定多给他拍些照片。"于伟笑着应付。

我和于伟垂头丧气地走进卧室。我气急地说要把林阿姨辞了，她太关心保姆以外的事了，而且她有意无意干扰我作画的心态，她还自作主张给芦苇吃鸡肉。于伟则认为我太狭隘，他认为孩子不必太娇气，而且林阿姨要照片看也没什么过错，她并不知道芦苇不是我们亲生的。

"要么就告诉她这个事实。"于伟说。

"不——永远不——"

"你不能生养，这并不是你的错。"于伟轻声说，"这不是什么缺陷，把事情说清了，你会很轻松的。"

"芦苇破坏了我们的生活。"我哭了，"我们很少有单独的时间能在一起了。"

"我——"于伟猛然拍了一下自己的脑门，"真该死啊，我怎么……下个周日吧，我们仍然开车到乡下去。"

"孩子呢？"

"有林阿姨照看呢。"于伟说。

"不过我们不去八方台镇了。"我说。

"这也是我的想法。"于伟关掉床头灯，在我耳畔悄悄说，"圣诞老人告诉我，男人要在今夜把他身上最珍贵的礼物献给他所爱的女人。"

"圣诞老人也告诉我，女人不要在这个夜晚轻易接受男人赐赠的任何礼物。"我在他温暖的怀中接受他的爱抚，窗棂簌簌作响，寒风为我们那如火的激情而突然改变了性质：它宛如春风那柔曼的触角。

神秘的老羊倌

我和于伟坚持周日到农村去休闲已经有两年多的时间了。他所承包的公司刚好有一台能吃苦耐劳的吉普车。季节好的时候我常常带上作画的东西，我们还带上面包、香肠和啤酒。我们都喜欢大自然，几乎每次都是等到日头落了，原野上暮色浓浓的时分才返城。

这个礼拜天我们很早就醒了。听得见林阿姨在房内和芦苇说着话。他们总是比我们醒得早。

林阿姨在嗔怪芦苇："你这个小坏东西，昨晚谁又尿湿了褥子？"

芦苇咿呀地应着，嘴巴还不时噗噗地弄出响声，这是因为他在长牙，牙床发痒的缘故。林阿姨说："噢，你认错了，是个好孩子。来给姥姥挠一个——"芦苇已经学会用手象征性地挠东西了，大概芦苇很快灵敏地做出了反应，我听见林阿姨兴奋地赞叹道："好挠，好挠。"接着便是芦苇"咯咯"的笑声和随之而起的"哇哇"的叫声。

我和于伟起床后和孩子亲近了一番，然后关照好林阿姨就去郊县的农村了。吉普车一出了城，路上车辆就稀少了，偶尔遇见的过路人也全都在寒风中缩着头。于伟减慢了车速，他侧身问我："咱们去哪儿？"

离城里比较近的除了八方台镇就是鱼塔镇了。八方台镇与鱼塔镇相距近二十公里，两个镇子都临江，也都是穷镇子。不过这两个镇子名气都不小。据说鱼塔镇的男人没有一个不好赌的，这点很快就在车经过鱼塔镇的一瞬间得到了证实。

没有一座像样的房屋，泥坯土房大都东倒西歪，窗户上蒙着塑料布。每家的院子前甚至连栅栏都没有，更看不到生动活跃的人，仿佛这个镇子已经消亡了。我们慢慢地穿过小镇，后来总算在一个厕所旁看到了一头身上裹满白霜的牛，然后又在镇西头的一家看到了一群羊。那群羊正在争先恐后地抢吃着什么东西，羊圈一阵骚动。

"总算有点生机了。"于伟停下来。

我目不转睛地看着那群跃动的羊。它们是山羊品种，白色，只不过由于脏和气候的原因，那白色已经不那么明朗了。

"这里的人为什么不家家都养羊呢？"我说，"这附近有草场，而且羊肉价钱不薄。"

"也许很多人家连买羊的本钱都没有。"于伟说。

我戏谑道："看来这家人是鱼塔镇的地主了。你看他家的房子是用红砖砌的，门框上还刷了蓝漆。"

"我估计这家的男人品德好。"于伟说，"肯定不赌。否则，这些羊早会被债主一只只地给牵走了。"

"我跟你的判断恰好相反。"我说，"这家的主人也许是个大赌棍，他从来不输，赌术高明，于是就把邻镇子的羊都赢来了。"

"嗬——"于伟噘嘴说，"倒是真有这种可能性。"

我们正猜测着，涂着显眼蓝漆的门开了。从里面走出一位约莫七十多岁的老人。他又矮又瘦，穿着破破烂烂，一绺稀疏的花白胡子，戴顶黑毡帽，酒糟鼻子，小眼睛，看人时直勾勾的。于伟摇下玻璃窗，打算和他说几句话。

老汉先是走到羊圈前，冲着羊"呸"了一口，骂道："一块豆饼就内讧了，还是兄弟呢！"

老汉的话使我暗笑起来。骂过羊，他就慢吞吞地朝我们的车走来。于伟热情地说："大爷，您家可真富啊，有这么一大群羊！"

老汉看了于伟一眼，并不搭腔，而是绕到车尾去了。他去车尾干什么？我小声嬉笑着说："他的神经可能有问题。"

"不至于，他只是有些怪癖。"于伟说，"你有时候就这样。"

我从车窗探出头，发现他正趴在地上看车尾上的车牌，"我没说错，他神经真有毛病，他趴在地上看车牌。"

于伟打开车门下了车，我听见他说："大爷，您在看什么？"

"唔——唔——"他大概是爬了起来，他的手弄上了土，他边拍打着手边说，"我当小羊倌时学过几个数字，我看看我还能不能认出。"

"还能认出吗？"于伟笑着问。

"脑筋不好使了。"老汉搓着手说，"认不全了。"

我也跟着下了车，我微微笑着看着他。

老汉说："你们打城里来？"

我们齐声说："是的，到这儿来玩。"

"你们进家坐坐吧。"老汉忽然变得热情起来，"进去喝口水，我孙子、孙媳妇和重孙子都在屋里。孙媳妇还刚刚炒了瓜子。"

我们当然愿意进屋去看看。老汉家的屋子也宽敞，一进去，感到窗明几净，一切都井井有条的。一个三岁左右的男孩子扶着门框笑嘻嘻地看着我们。老汉的孙子正在用细铁丝编鸟笼子，而他的孙媳妇则是一个十分丰腴的女人，齐耳短发，短鼻头，宽额头，厚嘴唇，左嘴角有颗痣，不太漂亮，但是一脸福相。她端来了新炒的瓜子。

"您老好福气。"于伟说，"都有重孙子了。"

老汉吐口痰说："我们那时不像你们，十来岁就娶了媳妇，孩子就来得早。我十七岁就当爹了。"

"您和孙子住在一起，您儿子呢？"我问。

"儿子？"老汉的眼里迸出一股悲伤的光芒，他叹息着说，"早见阎王爷去了。爱赌又输不起，投江死了十几年了。"

"对不起。"我连忙说，"真不该惹您伤心。"

"不伤心了。"老汉摆摆手说，"十家赌十家败，他死了也干净。我这孙子务正业，人家是小学毕业生呢。"老汉喜滋滋地说："你在鱼塔镇走一圈，就我们家还养点活物。我们家有群羊，还有头牛呢。"

我想起了那头在厕所旁的牛，看来老汉说的就是它了。

"我们夏天种地也种得比别人家好。"老汉说。

"秋季时俺爷爷还能打猎呢。"孙媳妇笑着插话。

"日子就是这么回事。"老汉精辟地总结道，"你跟它好好过，它就跟你好好过；你糟蹋它，它也糟蹋你。"

"俺爷爷净说大道理。"那个同老汉一样精瘦的孙子端来两杯水，并且指着那盘瓜子说，"自己家园子种的，香得很，快嗑吧。"说完，他就出门了。

我抓着一把瓜子边嗑边来到窗前，老汉的孙子走到羊圈前，撒了一捧干草，然后走到吉普车前绕着走了一圈，最后他还停在车首对着车牌念念有词的。我想小学毕业的他肯定能认全数字了。

老汉开始给我们讲鱼塔镇的往昔。过去这里的人以打鱼和种地为生，日子过得很富庶。纯粹是因为过富了，镇里没什么好玩的，冬天闲下来又没活干，于是男人们开始聚在一起打牌。先是小打小闹地玩，后来就大把大把地赌了，以后鱼塔镇就因为赌越来越穷了。人们好逸恶劳，男人们还喜欢抽烟，几乎个个都好吃懒做了。因为这个镇子好赌，外村手高的人就闻讯而来，将鱼塔镇人家那值点钱的东西都给赢走了。

老汉卷起一支旱烟，眯缝着眼睛说："唉哟，让人拿走东西时那个惨呀，孩子叫老婆哭，原来差不离家家养狗，现在你进这镇子还能听到一声狗叫吗？"老汉自问自答着："再也没有了。话又说回来，现在养狗也没用了，狗是看家的东西，家里只剩下喘气的人，还有什么东西可看呢？"老汉捶胸顿足地说："去年春天上头派下来了扶贫队，家家户户找人谈话，让他们别赌了，说这里离城近，多种些菜运到城里就穷不着。大多数人还真听了，咳，谁曾想老天爷不争气，夏天来场冰雹，毁了不少庄稼，好不容易熬到秋天的那点菜又让大水给淹了。咳。"

"我们刚才来的时候看见家家户户都房门紧闭，好像都还没起来？"我问。

"赌了一宿，大人孩子都跟着乏了。"老人啐口痰说，"冬天日头短，晚点起来还能省一顿柴火和饭。不信你出去看看，除了我家的烟囱冒烟外，谁家的烟囱还能在这个时候冒烟？"老汉斩钉截铁总结一句："没有！"

"那你们这里还不如人家八方台镇呢。"我说。

"八方台？"老汉支吾一句，"你们去过那儿？"

"只是听说过。"于伟连忙搪塞。

"哦。"老汉附和道，"那里比这儿富裕一些。"

老汉又详细询问了我们的工作和生活情况，又问有无小孩。我们说有小孩，九个月了。老汉便追问孩子结实不结实，闹不闹，我们一一作答。最后老汉对我说："我见过画画的，夏天时就到草地来了，背着个绿夹子，一坐就是一天。你要是想画鱼塔镇，不如来画画我家的羊。我有个干儿子——"老汉说到这里顿了顿，他的孙媳妇借故扯着孩子的手走开了，老汉接着说："我有个干儿子住在别的地方，人心眼好，手艺也好，打小就爱放羊。你别看现在外面大雪漫天的，他来了之后把整圈的羊赶到野甸子，那风光你要是能画出来，美得很呢。"

我想象不出这个肆意吐痰、穿得并不体面的老汉竟会说出如此深谙艺术的话。我连忙问："他什么时候来？"

"他呀——"老汉的眼睛飞快地转了一下，说，"估摸下个礼拜天这个时候就会来。"

"那下个礼拜天我来这儿等他。"我说。

"你不用来我家。"老汉说，"你们直接把车开到野甸子上，你这车吃劲，能跑得动，到时你就会看到他赶着羊在甸子上。他还会唱歌，歌也好听得很呢。"老汉啧啧赞叹着。

这么传奇的一个人物我倒真想见见了。尤其是大冬天他居然会赶着满圈羊在苍凉的原野上浮动，而且会在干冷的寒风中唱歌，这种诱惑力当然不可抗拒了。

告别了老汉一家人，我和于伟驱车来到原野上。原野上的小路曲曲弯弯，大雪将它能覆盖的一切都覆盖了。路边一丛丛枯败的艾草在寒风中瑟瑟抖着，不远处的江早已封冻，景色一片寂寥。没有云影、人影、鸟迹，那片辽阔的原野是如此静谧。我和于伟就这么呆呆地看了好一会儿，然后才下车在风中相携着散步。鱼塔镇的房子从远处看就像一片四散的马粪蛋，的确少见炊烟升起。

我们在车里吃了点东西，然后又谈到了林阿姨和芦苇。才出来半天，我们都有些想念孩子了。所以午后三时许我们就驱车回城。当吉普车经过鱼塔镇的时候，我果然看见了一家男人带着老婆孩子朝另一家走去的情景。他们穿着臃肿的衣裳，缩着头，双手抄在袄袖里，端着肩膀，像刚从树洞里钻出来的冬眠的熊。

牧羊人出现

我和于伟再次来到鱼塔镇的那天气压很低。没有太阳，也没有风，天气预报说午后有小雪。可是还没有到午后，临近中午的时候，雪就来了。前方的道路一片混沌，我们不得不减慢车速。

"糟糕。"我说，"白白带来了画夹，这种鬼天气，老汉的十儿子怎么会来呢？"

"那就画雪中的原野。"于伟一向能在我情绪低落的时候送来安慰，"总比你坐在城里的窗口画建筑物有激情吧。"他笑着激励我，"而且没准老汉的干儿子已经赶着羊群去原野上了，别气馁。"

我觉得心里暖洋洋的，我歪着头冲他说："于伟，你对我这么好，是想让我来世也死心塌地跟着你吗？"

"别说这不吉利的话。"于伟说，"真有来世，我可不找你了，太累。"他故意大声说："又自负又自尊，太难调教。"

我们一边打趣着一边进入了鱼塔镇。雪下得大了起来。我们路过老羊倌家的时候我注意看了一眼羊圈，好像并没看到一只羊，这使我有些振奋，连忙吩咐于伟快些将车开出小镇。

开始我们并没有看到羊群，只是恍惚看到一个飘忽的黑影，在银白的世界中一闪一闪的。待到车将临近时，我才发现那儿的确有一个手执羊鞭的人在雪中朝我们这儿张望，而且，我发现了在雪野上涌动的羊群。

我惊呆了，于伟也惊呆了。我们停下车，敛声屏气地看着前方。透过矇眬的玻璃窗，我看见牧羊人轻轻挥动着鞭子，而羊群则围绕着他旋转。天、地、空气、羊群都是白色的，只有牧羊人是黑色的。这一条黑显得如此醒目而灿烂。我是第一次蓦然领略到黑色的绚丽。我忘记了作画，这情境已经把我带入另一番世界。我就这么痴迷地看着强大的白色中那缕耀目的黑色，直到雪渐渐停了，牧羊人赶着羊群朝我们的车子走来。

我打开车门迎着他走去。雪后无风，太阳并没有出来，雪野是宁静的。我听见的是羊群踩着雪地踢踏的回声。一个消瘦的忧郁的中年男人就站在我面前了。

"你刚才一直在车里画我和羊？"他那双大而深的眼睛直直地望着我，我几乎不敢相信一个农民竟有这样的眼睛。

"我什么也没画，我只是在看。"我说，"你知道我们今天会来？"

"我干爹说你们要来的。"他说，"我已经出来好长时间了。"

"路上我还担心，这样的雪天你会来吗？"我指着那些有些发抖的羊说，"羊又怎能受得住？"

"羊比人抗冷。"牧羊人抽了一下嘴角，"它有一层毛皮。"

"听说你喜欢星期天来这儿放羊？"

"对，我只有星期天才来这里，我爱羊。"

"那你住在哪里？"我问，"离这儿远吗？"

"不远。"他犹豫了一下说，"我给一家建筑公司当木工，是雇去的。"

"听说你很会唱歌？"

他的眼神黯淡了，他低下头沉郁地说："歌声又画不出来。"

"我能把它画出来。"

"你能画出歌声？"他有些害怕地摇着头说，"这不可能。"

"不信你唱唱给我听。"我说。

他抽动了一下喉结，嚅动着嘴唇，像是在做唱前的准备工作。然而他再次张口出来的仍不是歌声，他打听我们几点从城里出发，家中有没有孩子。

我说我们早饭后从城里出发的，我们有一个儿子，九个月了，非常聪明漂亮。

"他闹人不？"他似乎对小孩子很感兴趣。

"以前闹过几天。"我笑着说，"现在他很好，能吃能睡，挺爱笑的。"

"他会走路了吗？"他又问。这时于伟朝着我们走来了。

"还没有，不过他能扶着墙站住了。"

"小孩子有走路晚的，你们不要着急。"他温和地说着，蹲下身抚了抚一只羊的头。他看见于伟后不知怎的有些拘束，我连忙介绍说他是我丈夫。于伟朝他伸出手的时候，他都不自然地把手抄在袄袖里。

"你们很有钱。"他低声说，"你们有车开。"

"这是承包公司的车，不是个人的。"于伟解释，"我们只能在承包期间用。"

"反正你们有车开，你们星期天还不用在家干活。"他直起身子，用脚踹了一下雪地说，"你们出来，孩子谁看呢？"

"孩子有保姆。"我说。

"年轻的还是岁数大的？"他问。

"年老的。"我说。

"年老的好。"他说，"年老的人有耐性。"

他看着我们，那眼神有些恐惧、疑虑和悲哀，仿佛在看两个吊死鬼，这目光使我有些胆寒。许久，他才解开黑棉袄最上的一个衣扣，从脖子上取下来一串木珠，他放到手心搓了搓，递给我说："送给你们拿给孩子玩吧，我还有好几串呢。"

那是一串白桦木木珠，很细腻，珠子极为圆润。我接过来谢他。他说："谢啥嘛，我喜欢小孩子，以后你们再来，我会做木头车和木头熊给他玩。"他迅速看了我一眼，叮嘱道："木珠还是本色的好，你们回去不要上油漆和颜料，那些东西有毒，小孩子不懂事，好往嘴里填。"

我们点头应诺。

羊群朝着原野的边缘而去了，牧羊人大声吆喝道："停——下——停——下——"他的嗓音沙哑而苍凉。羊群却不理不睬地自顾前行。

"它们自己会回到鱼塔镇的。"牧羊人说。

"你干爹也真不简单啊。"于伟说，"鱼塔镇是个有名的穷镇子，人又都好赌，他养的这满圈羊竟没人来偷？"

"打主意的也还是有的。"牧羊人笑笑，说，"架不住俺干爹厉害，谁还敢再来？"说到羊和他干爹，他的神色自然开朗了许多，看我和于伟的目光也温和了一些。

"你有媳妇了吗？"于伟问他。

他晃了一下肩膀，抽了一下鼻子，说道："能没有吗？"

"有孩子了吗？"于伟又问。

他抽了一下鼻子，晃了一下肩膀，说："能没有吗？"

那表情仿佛在嘲笑我们的愚蠢，娶妻生子难道不是一个成年男人天经地义的事吗？用得着问吗？

我们又和他约好了下次见面的时间。他说："我也不一定什么时候来，反正我要来肯定是星期天。开春时这里才好看呢，到处都开着野花，你们可以把孩子带来呢。"

于伟说："这倒是个好主意，春天时我们会把孩子带来。"

牧羊人微妙地朝我们笑笑，然后摆着手和我们告别。他走路慢腾腾的，我们看着他疲惫地朝鱼塔镇走去。

"咱们遇见一个极其神秘的人了。"我说。

"所以不要以为神秘的人只会出现在艺术领域。"于伟说。

像是为了证实于伟的判断似的，寂静的雪野突然震颤了一下，一股歌声闪电一般明亮地出现。

林阿姨讲述舞女桑桑的故事

桑桑小时候嗓子很脆，最爱模仿小鸟叫了，整天，叽叽喳喳的，就连吃饭时也不停地说话。这孩子毛手毛脚的，不是碰翻了盆，就是打碎了碗，经常将衣服的纽扣系错位。还爱恶作剧，有一次把她爷爷的烟袋锅插在花瓶里，我们找翻天了，怎么也想不到烟锅会在一束花中央藏着。

桑桑从小时候就爱美。看见别人穿新衣裳了，她就要；看见别人涂指甲油，她也要涂。她四五岁时每天早晨都要让我用印泥在她的脑门上点上红豆，不然她就不吃饭。她还贪恋美食，她长大后胃不好与此有直接原因。

我和桑桑的爸爸那时工作都很忙，我们并不特别教育她和规范她。桑桑爱跳舞是从三四岁就开始了的，这孩子特别能转圈，有一次穿着条白裙子在我眼前一圈一圈地不停地转，她张开着手臂，边转边咯咯地笑着数着转的圈数，直把我转得眼花了，感觉到眼前只是一朵云在涌动，她才停了下来。

　　桑桑上小学时就参加了校舞蹈队，她回家后常常模仿芭蕾舞演员能踮起脚尖跳《天鹅湖》。她依然爱美，功课非常不好，而且爱和同学吵嘴，所以她从小就没有太多的朋友。三年级时她就被留级了，可她还满不在乎。有一次数学课上，老师让她到黑板上演算一道题，她拿着粉笔站在黑板前犯难。老师就过来挖苦她："这么简单的题都不会做，你还能会什么？"桑桑一挑眉毛，将粉笔扔到讲台下，二话没说就自哼着曲子在讲台上跳起舞来，边跳还边示威地冲老师说："我会跳舞，我会跳舞！"可以想象教室里乱成一团的样子吧。男同学打着口哨起哄，女同学都嘻嘻地笑，老师尴尬地站在一旁，只能看着她把舞跳完。桑桑跳完舞回到座位上时，老师气咻咻地对全班同学说，辛桑桑这样的同学应该被校方开除。桑桑当时就气得把文具盒摔在地上进行抗议。结果我和她爸爸被校长找去谈话，我们低眉顺眼地赔不是，求他们别开除桑桑，这样桑桑才得以保留学籍。她就这样恶作剧般地搅扰着全班不得安宁，所以哪个班都不愿要她，她因此也在学校出了名。

　　桑桑上四年级的时候，有一段回家来总是郁郁不乐，不跟我和她爸爸说话，而且在吃饭时把她自己的那一份端到她的房间去吃。我们不明白发生了什么事。有一个周末的晚上，她又要端着饭回她的房间，我忍无可忍地斥责了她一句："桑桑，为什么不跟我们一起吃饭？爸爸妈妈就这么令你讨厌吗？"

桑桑不理睬我们，仍然端着饭回她的房间。她吃完饭后又着腰从房间出来，突然指着我说："你不是我亲妈妈，以后你不能再管我了。"

当时听完这句话我气得差点昏过去。我不是她亲妈，谁会是呢？我问她为什么会有这种怪念头？她就哈哈笑着指着我说："看看你自己心虚了，你照照镜子看看你，你再看看我，咱们能是母女俩吗？你是小眼睛，我是大眼睛；你的眉毛那么疏，我的眉毛又黑又密；你的嘴小得像鸡屁眼，我的嘴巴大大的；你说话时老是没有力气，我浑身有使不完的劲，就你这样的人，能生下我辛桑桑？你们不知道是在哪里把我弄来的，也许你们害死了我的亲生父母，你们给我改名换姓了。好多人也都私下说过，辛桑桑真不像林惠娴的女儿，别人都这么说，你还骗我干什么？"桑桑说完就哭了，哭得格外伤心。我不知道她是如何怀疑自己的身世的。从那以后，她拒绝与我说话，而且老是偷偷向我的同事打听，林惠娴是在哪里把我领到她家的？同事们都说桑桑的神经出了问题，劝我带她去看医生，不然就用温情来化解她的疑虑。我努力去做了，结果适得其反。我每每关心她的时候，她就挑着眉毛讽刺我："你心虚了，就是，你心虚了，你不让我与亲生父母见面，等着吧，早早晚晚我会找到他们。"

桑桑开始去医院化验血型，回来后对证我的血型。当她得知我是O型血时，她就说："你这副白菜相怎么能跟我一样是O型血呢？你在骗人！"她又开始打听她出生在哪家医院，谁为她接的生，结果调查到最后那个为她接生的医生遭遇车祸死去了，她就认为这里面存在着巨大的阴谋。她开始怀疑一切。上初中的时候，她经常旷课，老师三天两头就把我叫去训话，说我们对孩子的教育太失职了，我不得不到处寻找她。有一次我在寻她的时候撞见她在垃圾箱旁跳舞，那是夏天，她的白凉鞋被提在手中，她赤着脚旋转着。一些不三不四的男孩子在为她鼓掌，一个捡破烂的老头托着顶破草帽在收钱。没等她跳完，我忍无可忍地上前打了她一巴掌，她蹲下身子捂着脸，半天没有说出话来。捡破烂的老头非常气愤地过来责备我，你怎么打桑桑呢？这孩子心眼好使，无依无靠，经常来这儿跳舞帮我赚个零用钱。我对那老头说："我打桑桑，因为桑桑是我的女儿！"结果老头十分惊讶地瞅着我说："你是桑桑的妈妈？桑桑说她没有父母，她是个孤儿！"那一次我被气得昏倒在街头，还是其他行人把我送进医院的，桑桑穿上她的凉鞋后就跟着几个男孩子走了。

桑桑开始频繁地在外面过夜。她把嘴唇涂得鲜红鲜红的。她每次回家来取什么东西的时候，总是斜着眼看我。有一次正赶上她爸爸画墨竹，她看了一眼画讥讽道："这几根傻里傻气的竹子有什么好看？竹子腹中空空，非常虚伪，为什么还有人赞扬它的挺拔和高洁？"接着便大骂语文课本中的范文全都是狗屁。尤其把那些托物咏志几乎为几代人所称颂的散文咒骂为狗屎，她爸爸气得将半砚墨泼到她脸上，让她滚出去，永远别再回来。她也就真的一个夏天和一个秋天也没回来一趟。老师说如果能在学校看见桑桑，那比后宫佳丽见上一回皇上还荣幸。桑桑开始谈恋爱，并且与人同居。我这是后来才知道的，因为桑桑去堕胎的那家医院的医生认识我。那年她才十六岁。十六岁就堕胎，你想想，我的心里是什么滋味？

那年初冬，天开始冷了，我将她的棉衣棉裤都拿出来翻洗了，又新絮了些棉花。我到处打听她，只要是她可能去的人家我都留下了话：告诉桑桑回林惠娴家一趟。我没有留话说让她回爸爸妈妈家，我特意强调让她回的是林惠娴家，因为我怕她的逆反心理，而我又太想见她一面。我的话果然奏效，有一天刮着刺耳的西北风，天黑了，我和她爸爸已经吃完了晚饭，桑桑回来了。她瘦得可怕，嘴唇冻得发紫，还穿着秋季的衣裳。我给她做了一顿热汤面，然后端给她，她乖乖地一言不发地吃光了它们，后来还用舌尖舔汤勺玩。吃完饭，她用十分平静的口气问我："林惠娴找我有什么事？"我克制着愤怒对她说天冷了，让她回来取棉衣。她一挑眉毛用嘴吹着手指甲说："就这？"我说还有其他的事想和她谈谈。她讳莫如深地冲我一笑，说："我知道，你要忏悔了，你终于要承认你们不是我生身父母了。"我说："恰恰相反，我们的确是你的生身父母，否则也不会这么关心你。"我说出了她隐瞒我堕胎的事，我说："你才十六岁，你这么早就……"我希望好言相劝使她改变生活。不料她气急地一拍桌子说："我堕胎又不是你堕胎，你操什么心？我爱这么干，有什么办法？"结果她爸爸又一次失去控制，他上去打了她一巴掌，桑桑怪里怪气地看了他一眼，也不反抗，后来她回到她的房间，我们在外面把门反锁上了。"让你在家蹲监狱，也比流窜到社会上害人强。"她爸爸收起钥匙，发誓不让她再离开家门半步，就是不上班也要看着她。我们听见她在房间又跳又叫地骂我们，然后用脚踹门，夜深时才安静下来。我们以为她折腾累了，美美睡着了。我和她爸爸愁得一夜未睡。第二天早晨，我们做了早饭，我打开房间唤她出来吃饭，可我发现她居然兔子般地逃掉了。屋子里很冷，一扇已经封好的窗户被打开了，从暖气管向窗外飘着一根用床单接成的绳子。她将一条好好的床单撕成了碎条。我们住在三楼，她是用这根绳子荡下去的。她很灵巧，她跳起舞来总是那么轻盈，我知道她这次一走恐怕永远不会回来了。我为她辛辛苦苦翻新的厚棉衣棉裤被她给立在墙角，尤其是棉裤，挺壮实地矗在那里，像是谁的腿被人截断了。桑桑留了张纸条，上面写着：

> 辛长风、林惠娴二位同志，你们休想把我当成人质扣在家里，我的世界非常广阔。林惠娴做的棉衣棉裤傻头傻脑的，笨得要命，瞧瞧它们都能立在地上站着，这能叫棉裤吗？是铁打的吧？以后林惠娴给亲生女儿做棉衣时别絮那么厚的棉花，冬天没有那么可怕。

从那以后她就再也没有回来过，也没有去过学校，她已经用不着学校开除了。后来我听说她跟人去了广州，整天跟男人泡在一起，嘻嘻哈哈，不拘小节。后来就发生了卖淫那件事。她并不是因为手里没钱，她在被审讯时声称她只是想看看男人付钱做爱时的嘴脸，她便铤而走险。她入狱的那年春节我和她爸爸伤心得连团圆饺子都没吃，我们真想去看看她，她小时候是那么可爱，可她伤透了我们的心。

如果她在异国他乡不是因为要死了，也许她还不会给我来信。她写信仍然对我直呼其名，虽然她不称我为妈妈，但我觉得写信这个事实足以说明她的一种妥协。她从那么小就开始怀疑自己的出生，而且对着周围的世界不抱信任感，充满反叛情绪。她不喜欢一切常规的东西，她自由自在，对这社会遭人唾弃的一切事物怀有由衷的兴趣。我常常想，假若她五六岁前我们对她的教育更恰当一些，不那么纵容她，不要让她觉得一切得到的东西都是天经地义的，也许她不至于发展到今天这种地步。她理所当然应该成为一个有教养的、在大剧场上跳芭蕾舞的女演员，成为一个男人的好妻子，可她轻而易举就毁掉了这一切。她似乎更喜欢酒吧间的空气，喜欢为几个对她有兴趣的男人跳舞。她在信上还说男人们骂她"臭婊子"时她特别开心。她寄来的那几张照片的背后还沾满了化妆品的痕迹，可见她仍然喜欢浓妆艳抹。也许死亡是对她永久的一种解脱，她活着是一种痛苦。

桑桑这么激烈决绝地认为她不是我们亲生的孩子，我不知道这原因究竟是什么。这么多年疲惫地过去了，我也忽然觉得辛桑桑不是我的女儿。她身上没有流着我的血。是谁把她带到这个世界的？她怎么跟我如此相反？有时候反过来又一想，如果我是桑桑，我怀疑生活在我身边的人不是我母亲，我会激烈地反抗他们吗？我想我不会。可桑桑这么做了，也正因为她是桑桑。

……我可怜的女儿就是这副样子，她出生在初春，她刚……三十出头……她很喜欢……金黄色……她喜欢跳舞……

阴　影

芦苇把我带入一个世俗、嘈杂、烦扰而又温情脉脉的世界。我开始操心他的一切事，长了几颗牙，能对什么举止做出何种反应，等等。有一次他感冒发烧，我和于伟深夜带他去医院，直到第三日他退烧后我才有心情吃点东西。一个人的成长真是奇妙，我几乎每时每刻都能感觉到他的变化。他喜欢水，脾气有些急，有时他醒来饿了，林阿姨冲奶稍稍迟了一些，他就哭个不休。

我第一次打芦苇是在二月末的一个周末。那是因为吃奶。他睡醒后林阿姨忙三迭四为他沏奶，奶掺进奶瓶后递给他，他便气急地用小手去拍林阿姨的脸，并且将奶瓶打翻在地。我不由分说从林阿姨怀中夺过他，然后将他放到小床上打他的屁股。我每打一下，林阿姨就撕心裂肺地叫一声："行了，他知道了！"芦苇哭得几乎抽噎过去。不过事后他再接奶瓶时就现出俯首帖耳的样子，我可不想让林阿姨自幼纵容桑桑的悲剧在我们家重演。也正是由于这件事，我和于伟之间爆发了一场激烈的争吵。那天他下班回来我沾沾自喜地报告我如何制伏了芦苇："他这么小就知道动手打人，而且他饿了，就因为迟了一些就抗议不吃奶，这还了得？我一次就把他打服了。"我边说边指点着芦苇。那天晚上芦苇明显打蔫，看我时现出很生气的样子。于伟听完我的话气白了脸，我是第一次见到他当着外人的面给我难堪，"你以为一个三十岁的女人能制伏一个不足一周岁的孩子是件光荣的事，是吧？"他指着我的鼻子颤声说，"他这么小你就限制他的个性发展，你想把他塑造成什么人？道德上的伪君子？女里女气的太监？你不能拿你成人的观点去约束一个婴儿，这太不人道了！"

我屈辱而自尊地反驳："他能拒绝吃奶，就能拒绝一切他本该接受的东西。恶习是一天天积累起来的。"

"你是不是希望他一出生就会很深刻地拿起画笔？"

"请你别嘲讽我的职业。"我哭了，"也许他在农村更利于他的成长，他有小姐姐、小哥哥，有小院子和蟋蟀，他会懂得生活中的一切都来之不易而倍加珍惜。"我歇斯底里地哭诉："我们能给予他什么？没有血缘关系的亲情、冷漠的城市、狭窄的街道、骨灰盒一样的死气沉沉的屋子。不错，农村孩子没有的一切物质上的东西他都应有尽有了，可他却失去了良好的空气和质朴的亲情。你知道他为什么要推开奶瓶吗——"我不知怎的冲口而出："他想要衔他亲妈妈的奶头！"

林阿姨面如土灰地抱着啼哭不止的芦苇回房间了。我的头嗡嗡地响。天哪，我说了什么？我在对别人说芦苇不是我的孩子，可他是我的孩了啊，他的一颦一笑都给我带来激动与欣喜。也许桑桑的故事带给我的负担太重了。

"我知道，我伤害了你。"许久，于伟才说出一句道歉的话。可是这种道歉对我已经没有任何意义了。林阿姨已经明白了芦苇是抱养来的孩子，她会怎么看我呢？一个不会生孩子的女画家？

那天晚上我没有回卧室，我一个人呆呆地坐在黑暗的画室看着窗外。窗外也是黑暗的。为了维护我的自尊，朋友们一旦问起我们为什么婚后多年不要孩子时，于伟总是用幽默的口吻说他太爱我，不想让一个小孩子来干扰这种爱，而我则搪塞说想在年轻时过一段轻松自由的日子。为了抱养孩子，于伟甚至做了一个天真设想，让我一年前就回乡下的亲戚家过一段日子，好对外界说我怀孕了在乡下休息，谁也不会在意你怀孕了几个月，然后你会抱着一个几个月的婴儿神秘地回到家。我当即就拒绝了这个计划。但芦苇的到来还是使我在朋友们面前陷入尴尬的境地。不久前有两位一年多不见了的画友来访，忽然见到了童车上的芦苇，都狐疑地问我："儿子都这么大了？"我自然也不做任何解释，只是笑着点头，在他们惊奇的目光下和芦苇咿咿哇哇地对话，俨然是母子情长。于伟在公司，也不说抱养了一个孩子，只是称他有了一个儿子了。他们公司的所有朋友都认为白絮飞是一个神出鬼没的人，那么他们突然有了一个孩子又有什么奇怪呢？也许大家在背后有种种猜测，但当面都现出糊涂的样子。而我和于伟也正需要这种糊涂。这种糊涂是透过窗纸的温柔的光明，它给我制造了一种梦幻的感觉，而谁一旦捅破这层窗纸，泄漏进来的耀眼的光明也许会刺痛我的心。我没有想到是自己捅破了这层窗纸，这层纸是如此脆弱。

夜深了。偶尔还可以看见窗户上有微妙的光束一明一灭，那是街上仍有车辆在行驶。我觉得彻骨的寒冷，我的眼前开始闪现出桑桑的形象。当林阿姨在那个冬日的午后泪流满面地讲述桑桑的故事时，我的心一阵阵地抽紧。桑桑因为怀疑自己的出生而一步步走向极端，如果芦苇长大后知道了自己的身世，他会怎样呢？他会离我们而去吗？他会自暴自弃吗？

画室的门被轻轻推开了，是林阿姨。她放慢脚步走到我身边，然后坐在我对面的矮凳上。黑暗中她那衰老的形象看上去是如此打动人心。

"芦苇睡了。"林阿姨嗓音沙哑地说，"睡觉时鼻子还一抽一抽的，他是受了大委屈了。"

林阿姨也在责备我。

"也许那天我不该给你讲桑桑的故事。"林阿姨缓缓地说，"如果我知道芦苇不是你们的亲生孩子，我绝对不会讲桑桑的故事，也许无意中伤害了你。"

我没有答话，我想听听她还会说些什么。

"桑桑这种人在生活中是个例外，很难见到她这一种女孩子。

我常常宿命地想这也许就是一个人的天性。她即使受到良好的教育也不会循规蹈矩地过正常人的日子。有人天生就喜欢堕落和吸毒，很难说是生活所迫或者是受到诱惑，有人就愿意这样做，谁也抵挡不住。"林阿姨停顿了一刻，用舒缓的口气说，"我最近老是这样想，桑桑其实从骨子里认为我们是她的生身父母，只不过因为她的行为方式与我们格格不入，她想从根本上摆脱我们，所以她便设想我们不是她的生身父母，为她的叛逆找到一种借口。"

"你是说她是故意给自己设计陷阱了？"我说。

"开始会是这样的。可是到了后来，她会越来越觉得自己的怀疑本身可能就是一个事实，于是她相信了这个莫须有的事实。"

"可你说过，她小时候特别受到娇纵，没有人会违背她的意愿。如果不让她自幼就那么随心所欲，也许她长大后会是个善解人意的孩子。"

"可芦苇不一样。"林阿姨说，"他还不到一周岁。"

"可他却知道拒绝他本能该接受的东西。他那时是多么饿呀，他想吃奶，可是奶送来得稍稍迟了，他就会动手打翻奶瓶，这无论如何不是好兆头。"我忧心忡忡地说。

林阿姨一时语塞了，我看不清她脸上的表情，只能依稀分辨出脸的轮廓，但是从她的不均匀的呼吸声中我能感觉出她的激动。

"你不用担心——"林阿姨说，"我不会把芦苇的事情说出去。他其实已经是你们的孩子了，你不要往别处想。"林阿姨迟疑了一下接着说，"于伟对你太好了，我还没有见过这么体贴妻子的丈夫，他要是话说重了，你别计较了，何况他也认错了。"

我没有回答她什么，林阿姨起身离开了。我陷在黑暗中觉得头昏脑涨。我打芦苇这还是第一次，我打他时是那么心安理得，其实我已经把他看成自己的孩子了。我下手是否重了一些？他明天是否会拒绝我抱他？

天还没亮我就悄悄离开家。冬天太阳出来得很晚，街面上的路灯惨淡地亮着。很少有行人，车辆也稀稀落落，我朝长途汽车站走去。我很想一个人去鱼塔镇苍茫的原野上走上一刻，也许那上面奔跑的羊群会给我信心和温暖。

只有去楚天坝的长途汽车才路过鱼塔镇，而那班汽车要八点以后才能发车。我瑟瑟发抖地钻进汽车站旁一家私人餐馆。里面光线暗淡，桌和椅都不干净，几个早起的民工正在喝热气腾腾的豆腐脑。老板娘是个四十多岁的胖婆娘，因为起了大早，她面色疲惫，哈欠连天。她见了我并没有现出很热情的样子，仿佛她的生意是件无关紧要的事。我坐下来，问她有没有豆浆和油条，她肿着眼泡无精打采地回答说："没有。"

"那米粥和酥饼呢？"我说，"鸡蛋羹也可以。"

"没——有——"她拉长了声调说。

"那有什么？"我接着问下去。

她懒得再和我说话，而是抬起浑圆的胳膊指了一下那几个吃饭的民工，意思是说他们吃的就是餐馆有的。

豆腐脑、馒头、花生米和咸菜挺经典地出现在我眼前。

我恶作剧般地大声吆喝："来碗豆腐脑！"

老板娘被吓得激灵一下，起身为我去端豆腐脑，待她转身的时候我又大喊一声："外加一个白面馒头！"

几个民工发出窃窃的笑声。

老板娘端来了豆腐脑和白面馒头，重重地放在我面前。然后她歪着身子挑衅地看着我。

"再给我来碟花生米和咸菜！"我仍然大声说。

"我耳朵不聋。"她摇摆着身子说，"你一大早晨跟我喊什么呀？都是南来北往的客，大家客气一些不好吗？"

我装作浑然不觉地继续大声说："我说话真有那么大的声音吗？！不会吧？！我怎么没觉得？！你们说我刚才的说话声吓着你们了吗？！"我转向那几个民工，他们笑得嘴中喷出白花花的豆腐脑。

老板娘终于被我给气精神了，对待下面进来的客人就不那么蔫头蔫脑的了。我心下想：这才像个老板娘的样子。而我自己也因为大声说了一通话神清气爽，我吃光了豆腐脑和馒头。花生米卤的时间过久，味道和颜色都不好，使我联想到死人的脚指头，所以全部剩下了。

吃过饭，天蒙蒙亮了。我走出餐馆，发现做小买卖的人已经出现在各个街角了。有人吆喝馅饼，也有人吆喝瓜果糖茶，还有人在卖热气腾腾的包子。我进售票处买了一张票，然后来到长途车前。司机正钻在车下用炭火烤车，跟车的女孩子因为穿着单薄而冻得哆哆嗦嗦的。我是第一个上车的人。玻璃窗上蒙着厚厚的霜花，我用指甲轻轻刮着霜花，不觉刮透出一个婴儿的轮廓。晨曦就透过晶莹的划痕朝我涌来，那婴儿呈现出金黄色，毛茸茸的，分外可爱。立时我想起芦苇，眼睛便湿了。

我到达鱼塔镇的时间是九点半左右。我是长途车上最早下来的乘客。汽车像甩一个弃儿似的将我丢在远离镇子的路口，就加大马力朝楚天坝去了。我像落了群的孤单的羊一样东张西望地朝鱼塔镇走去。天色寡白寡白的，太阳呈现着贫血的憔悴姿态，不远处的鱼塔镇在原野上像块补丁似的贴在那儿。我没有碰见任何行人和牲畜。当我走进镇子，也没有看见炊烟升起，只有老羊倌的家散发出烟火气息。那头牛仍然在厕所旁垂头站着，它的身上沾满霜雪。我一直朝那片静悄悄的原野走去，我太想在此时见到那个神秘的牧羊人了。

冬日的天空因为与大地苍茫的色调相近而没有太大的反差，所以天与地之间分野不明，天也就显得低了许多，这使得原野相对获得了一种视野上的开阔。我一眼便望见了原野上那缕炫目的黑色，他被周围翻涌的白色包围着。那便是羊群中的牧羊人了。

我一直朝他走去，朝羊群走去。我的到来使羊群一阵骚动，它们发出咩咩咩的叫声。

牧羊人消瘦了许多，他的神情似乎更为阴郁。他甩了一下鞭子，羊群便撒了欢似的朝前方奔跑。

"你一个人来的？"他沙哑地问。

我点点头。

"你们两个人生气了？"他又问。

我摇摇头。

"你在骗我。"牧羊人的神色有些紧张，"你们一定是生了气了，这我能看出来。你们为了什么生气？"

我只能如实说了："为了孩子。"

他倒噎了一口气，睁大眼睛，焦急地等待下文。

"孩子睡醒后饿了，保姆为他沏奶，只是迟了一些，他便拍保姆的脸，并且把奶瓶打翻在地。"我盯着牧羊人的眼睛说，"我打了他。"

"你打了他？"牧羊人轻声说，"你打了他……"跟着他又问："你打了他哪里？"

"屁股。"我说，"我知道不能打小孩子的脑袋。"

"这就对。"牧羊人艰涩地笑了，"不能打脑袋。"

"孩子他爸爸因为我打孩子跟我吵了起来。"我摊开双手，"他从来没和我吵过架，他太溺爱孩子了，昨晚我们吵得很凶。"

"小孩子不能太惯着了。"牧羊人看了一眼说，"不能不承认棍棒出孝子，可也不能从这么小就体罚他。"

"我想从小时就注意对他教育。"我说。

"你们都没有错。"半晌，他才说出一句总结式的话，然后问我，"你是偷偷溜出来的？"

"是的。"我说，"我一大早就出来了，我坐的去楚天坝的长途汽车。"

"你男人一会儿准来接你。"他说。

"不会的。"我说，"他根本不知道我来这儿。"

"他会猜到的。"牧羊人咧嘴笑笑。

我和他在原野上散着步，他的目光追寻着前方的羊群，而我的目光则放在脚下的白雪上。我问他上个礼拜为什么没有来。他叹口气说："我家姑娘病了，病得不轻，我不能来。"

"她得的什么病？"我问。

"她不吃东西，连水都不想喝。"牧羊人忽然蹲下身子，扔下羊鞭子，用双手抱住脑袋，"大夫说她得了厌食症，她瘦得不成人样，恐怕活不长了！"他抽泣起来。

"她几岁了？"

"刚过六岁。"他呜咽着说,"她生日小,其实还不到六整岁。"

"她怎么会得了厌食症?"我想起了得这种病早逝的美国乡村女歌手卡伦·卡彭特。

"她想事……"他号啕一声道,"她想——"

"这么小的孩子就有心事?"我有些不信地说,"这怎么可能?"

"她想……"他只能悲伤地吐出这两个字。

"厌食症不是不可以治的。"我说,"带她进城看过了吗?"

"该看的都看了,就是不行,她就是不吃东西,连水也不想喝。大夫只能给她推葡萄糖维持着。"他忽然分开双手,泪眼婆娑地看着我,说,"她老是想……"

我不知该如何安慰他。我说可以想办法为他引荐一位城里的医生,我还可以到他家去看看那个孩子,问她究竟想要什么,尽量满足她。

"谁也满足不了她,"他又重复说,"她想——"

"她不至于想要天上的月亮吧?"

"她想——"他只能喃喃说出这两个字。

他的悲伤使我觉得天气分外寒冷。羊群已经脱离了我们的视野。一股风吹过来,我打了个哆嗦。他哭过后倒显得平静多了,他呆呆地看着前方,说:"你看——你看——"

他在说这话的时候我已经听到了车声。吉普车正经过鱼塔镇朝原野驶来。

"我没说错。"他喃喃地说,"我得去看看羊群了。"

牧羊人告别我,有气无力地朝鱼塔镇走去。

吉普车一摇一晃地向我驶来,车轮搅起的雪纷纷扬扬,我对自己说，芦苇他爸爸来接我回家了，我的泪水夺眶而出。

于伟停下车，打开车门，他歪着头笑望着我："嗨，一夜不同床就委屈了？"说着，朝我伸出一双温暖的手。

寂　静

芦苇能扶着墙壁磕磕绊绊地走几步路了。每当他能多走几步而不至于摔倒时，他就得意扬扬地别过头来冲我们咿哇叫着，仿佛在欢呼他的胜利。而当他不慎摇晃着跌倒时，这小男子汉一点也没有英雄气概，他会马上撇着嘴放声大哭，直到大人把他扶起为止。过了春节，天气一天天转暖，不知不觉之中，大地上封存的积雪开始消融，一些小巷子就泥泞不堪了。天色转蓝，云彩也开始洁白地呈现，树木的枝条变得舒展柔软，总之春天正在无声地来临。

林阿姨在一个春光明媚的周末从家里带回了桑桑的死讯。她回去取换季的衣服，发现邮筒里有一封来自美国的信。林阿姨一看陌生的字体便明白是有人在报告桑桑的死讯了。她战战兢兢地打开信，是桑桑的一位华人朋友写来的，她告知桑桑死于一个礼拜日的傍晚，死时极其平静，脸上还挂着笑意。现在桑桑已经被安葬了。她死前唯一的心愿就是喝一大口甘美的红葡萄酒，结果她如愿以偿了。

"临死还恶习不改，还要喝酒！"林阿姨颤抖地说。

"她没有给你留下任何遗言？"我问。

"没有。"林阿姨说，"她只是托她的朋友告诉我她的死讯，她连一个字都不给我留。"

"桑桑是很彻底的人。"我说,"她大概是不想让你为她难过。"

"她死了对她也许是一件幸福的事。"林阿姨缓缓地说,"在这个世界上我就无牵无挂了。"

"别这么说,林阿姨。"我说,"还有芦苇呢。从今以后,你就是我们家的一员了。"

林阿姨没有说什么,她转身进了厨房。我悄悄地跟过去,发现她一边给芦苇沏奶一边悄悄垂泪。

"等于伟忙过这一段,天气转暖了,我们一起到鱼塔镇的原野上写生。"我说,"我们还带上芦苇。"

她在点头的一瞬我的眼前忽然现出一朵苍老的浮云,那是林阿姨满头灰白的头发,我是第一次感觉到她的衰老。

四月末的一个礼拜日,天朗气清,我们一大早就驱车从城里出发了。林阿姨抱着芦苇,芦苇的怀中则抱着牧羊人为他做的木头熊。芦苇穿着一套雪白的毛衣毛裤,神情活泼,像只淘气的小羊羔。

出城以后太阳升得高了一些,雪亮的阳光照耀着起伏的原野,由于百草萌发,那种生机勃勃广阔的绿色格外令人赏心悦目。我不由哼起了一首美国乡村歌曲《昔日重来》。这首充满伤感怀旧情绪的歌常常把我打动。它的歌唱者卡伦·卡彭特就是那个因为得了厌食症而离去的天才歌唱家。唱完歌,我蓦然想起了牧羊人,我们已有一个多月没来鱼塔镇了,不知他的女儿的病怎样了。

"也许已经好了。"于伟试图打消我的担忧,"说不定一会儿便能见到羊群、牧羊人和他的女儿。"

"但愿如此。"我说。

芦苇因为在居室里蜷缩了一冬,所以他坐在车里望着车窗外不停变幻的景色兴奋得咿呀乱叫，活泼得像只兔子。他已经长了四颗雪亮的白牙，他能喝粥和吃鱼片了。他的头发在二月二被剪了之后，的确再发出的头发就密实和黑亮了许多。他在林阿姨怀中蹦跳着，林阿姨将双手捺在他的腋下，由着他蹦跳欢叫。

春忙时节了，鱼塔镇却没有播种的迹象。我们进入小镇时感觉到的是无与伦比的寂静。炊烟疏淡，少见人影，只有一些窗前经冬而变得发脆破烂的塑料布在春风中飘动着。

"农民不在地里，而在屋里猫着，还能富起来吗？"林阿姨说。

我觉得心情有些压抑。鱼塔镇颓败的气象与周围滚滚而来的春色是那么不协调。

我们经过老羊倌的家门口一直把车开到原野上。

春天的原野袒露在我们面前。我们三个大人都为它的美而震撼得说不出话来，只有芦苇一下了车踏上毛茸茸的草地，便扯着林阿姨的手叫个不休。草已经长出一寸多高了，最早知春的小黄花已经点点簇簇地绽开了。远方靠近江水的那一侧，羊群在缓缓移动，它们的毛发一定干净了许多，因为它们是雪白的羊群了。只是没有看到牧羊人的影子，这使我有些失落和担忧。

"看来他的女儿还没有好。"我对于伟说。

"也许好了。"于伟安慰我，"今天他遇到了别的事情，所以就没有来。"

羊群在初春的原野上像朵巨大的云彩优雅地拂动着。

林阿姨神色分外开朗，当她发现芦苇因为急着朝前走而摔倒在地做出要哭的样子时，她并不像以往一样迅疾地扶他，而是也"唉哟"一声故意摔倒在地，并且"哎哟"叫着，做出痛苦不已的表情，

160

芦苇便忘却了自己的处境，咯咯地嬉笑起来。

我们关照林阿姨让她先带着芦苇在这儿玩，我迫不及待想知道牧羊人的近况，于伟陪我返回鱼塔镇的老羊倌家。

老人的孙媳妇正领着孩子在园子里翻地，见了我们热情地打招呼，并且将我们迎进屋里端水递烟。

老羊倌穿上了夹袄，正盘腿坐在炕沿上吧嗒吧嗒抽烟。他边抽边咳着，他抱怨他的气管炎犯了。

"那就少抽两袋烟。"于伟说。

老人一撇嘴，咽了口唾沫，"犯了瘾就忍不住。"

"这跟赌钱是一回事。"我开了句玩笑。老人一抖肩膀，没有作声。

"您孙子呢？"于伟问。

"一大早就进城买水壶去了。"老人的孙媳妇殷勤地代为答复，"家里的水壶烧了十几年了，烧漏了。"

我们又问老人他的干儿子怎么没来，他的女儿的厌食症好了没有？老人抬起头哀怨地看了我们一眼，拼命吸了一口烟，颇为踌躇地看着我们。

我有些紧张了。

老人的孙媳妇扯着孩子又去翻地了。

"他以后不会再来这儿放羊了。"老人平静地说，"你们再也不会见到他了。"

"他出了事还是他女儿出了事？"我心急如焚地问。

"他那丫头死了。"老人又吧嗒一口烟，"才六岁的孩子，多让人心疼。"

"什么时候死的？"于伟问。

"半个月前吧。"老人说，"那会儿草才发出小芽。"

"这么快！"我说，"他一定很伤心。"我想起了牧羊人那双忧郁的眼睛，"他说他女儿老是想着什么事，她究竟是想什么坐下了病？"

老人扔下烟袋锅，呆呆地看着我们，颤抖着嗓音说："她想她的小弟弟，她喜欢她的小弟弟，可她小弟弟七个月时就让人给抱走了。从那天起她就不跟爸妈说话，她也不吃饭，她就想要她的小弟弟。"老人的眼里涌上泪花。

我和于伟大惊失色地互相对望着，许久说不出话来。

"你们应该能想到，我那干儿子就是八方台镇的王吉成。"老人泪眼婆娑地望着我们说，"你们去抱孩子时，他躲在外面悄悄记住了你们的车号。他想你们永远不会去八方台镇了，他便来找我，说是你们礼拜天喜欢开车出来玩，离城里最近的两个镇子除了八方台，就是鱼塔镇了。他料定你们会来鱼塔镇，就把你们的车号给了我，让我帮着认一认。"

我想起了第一次来鱼塔镇时老人和他的孙子察看车牌号的怪异举止。

"我最恨他做出这事，我先是用烟袋锅敲了一通他的脑袋。"老人说，"也还是帮他出了主意，怕你们猜到他是谁，就让他礼拜天来赶我家的羊群。"

"他为什么非要见到我们？"我惊悸地问。

"开始时他只是想从你们口中打听一下孩子进城的情况，想看看你们对他究竟好不好，要是对他好就彻底放了心了。"老人又拈起烟袋锅，蓄足烟丝，划火点着，擦干眼泪吧嗒吧嗒地抽起来，"可是后来他的丫头想小弟弟想出了大毛病，他就慌了，他每次见到你们都想张口说让孩子回家一趟，兴许他的小姐姐见他会好起来。可他没法张这个口。"

"他为什么不对我实话实说？"我不知怎的有了罪人的感觉。

"他把孩子给了别人，他还有脸要求什么吗？"老汉说，"他有时盼着你们不喜欢那个孩子，他就可以顺理成章地接他回去，可你们已经处出感情了，他是你们的儿子了，他还能张口吗？"老人叹了口气，"唉，那可怜的小丫头一天天瘦下去，埋她时我见了，跟棵干草一样细。"

"她被埋在了哪里？"我的眼泪流了出来，我想起了那个抱着我的腿、用牙齿来咬我的、眼睛大大的小女孩。她才六岁啊。

老人说："反正不能埋在家跟前，那样他们一家人还能活吗？"

"她一定是被埋在鱼塔镇的原野上了！"我冲口而出，"我没说错吧？"

老人点点头，说："你们不会看出她被埋的确切位置的。她爸爸把她埋得很深，地上没有鼓起坟包，上面只是平平地培了一层土，现在已经长出草来了，连我都看不出来了。"

我不断地流着泪水。

"你们放心，王吉成再也不会来这里，也不会再来打听孩子的消息。他是个说到做到的人，你们好好养着这个孩子吧。"老人又叹了一口气。

我们沉默着。

于伟朝我伸出手来，他触摸着我脸上的泪水，只能悲哀地摇着头。

"吉成不让我告诉你们实情。"老人低沉地说，"可我还是告诉你们了，你们通情达理，你们应该知道这事。你们不会为了这个不喜欢孩子了吧？"他担忧地说。

"相反——"于伟说，"我们会更爱这个孩子。"于伟看着老人，"因为这孩子的身上有两条命。"

"你们真是好心人。"老人又颇为疑虑地问，"你们还会再来鱼塔镇吗？"

"当然。"我流着泪说，"这里有羊群，还有芦苇的小姐姐。"

我们告别老人朝那片碧绿的原野走去。太阳升得更高了，它的光芒也更灿烂了。于伟扳住我的肩头，我怕冷般地紧紧依偎着他。我的泪水静静地落，落在生机盎然的原野上，落到光滑的草茎上，落到绚丽的花朵上。前方，在原野深处，羊群依然像朵巨大的浮云悠闲地拂动，我看见林阿姨领着芦苇绕着羊群欢快地走着。

我听不到任何声音。周围的原野太寂静了。我停住脚步，想对于伟说一句表达爱意的话，可我不忍心打破这种感人至深的寂静。我还想对着前方那个无忧无虑奔跑的孩子说上一句话，可是我们的距离实在太遥远了，我即使喊破喉咙他也不会听到我的话，而那种超然的寂静气氛又是不该遭到丝毫破坏的。但我还是在心底深深地对着芦苇说："孩子，轻轻地走，别踩疼你的小姐姐。"

九朵蝴蝶花

敲门声吓跑了那条在浅水中正要吞我的钩的黑鱼。我懊恼地睁开双眼，茫然地看着从窗帘透过来的单薄的晨曦。

敲门声急促地继续着。

我头昏脑涨地披衣起床，趿上拖鞋，摇摇晃晃地踱到房厅门恹恹地问："谁呀——"

"公安局的。"是一个男人的声音。

我不由警惕起来，"我怎么知道你是公安局的？"

"这是我的证件。"

透过门镜，我见一个面色严峻的人举着一个打开的证件。楼道昏黄的灯光使它看上去影影绰绰的。

我说："对不起，我看不清楚，而且证件是可以伪造的。我不能给你开门。"

那人往旁边一闪，另一个穿制服的人出现在门镜的尽头，这人很瘦，说话有点女里女气，"我也是公安局的。"

"一个不明身份的人就够我胆战心惊的了，两个就更难应付了。"我心下想着，对他们说："你们找我有什么事？"

"你打开门再说吧，我们要向你了解些情况。"其中给我出示过证件的那个人说。

"有事请你们明天到我办公室去谈。"

那人低声咕哝了一句什么，不再坚持了。

我心有余悸地回到被窝，拈起手表一看，不过是六点一刻，便用下流话骂了一句这两位不速之客，然后蒙上被子打算旧梦重温。那黑亮的鱼体态匀称，在白色的浅水中恣意浮游着。它闯过了无数道为它而设的网，然而我随意甩向浅水的一弯鱼钩却吸引了它，也许因为鱼饵不是它通常所见的蚯蚓、面包渣、玉米糊之类的东西，我用了一粒金红色的马哈鱼子。黑鱼激情洋溢地张开了嘴，朝着钩奋勇而来，然而它很快就在敲门声中脱离了我的梦境。

没有结局的梦同慢性流感一样伤人。我老是想着黑鱼张开嘴就要吞钩的情景。它那柔软的腮会被尖锐的鱼钩刮出血吗？它会痛苦地挣扎着脱钩而走吗？

我再次来到那条大河时太阳已经不见了，河岸上少见行人。干渴的晚霞贪婪地将整张脸浸在河水里狂饮，使河水泛出陈旧的暗红色。我的鱼竿孤零零地抛在岸边，浅水因了晚霞的缘故，不那么清澈逼人了。我俯下身，打算拿起鱼竿看看钩上有没有黑鱼。如果没有，那金红的鱼饵还在不在。正当我的手接近鱼竿的那一瞬间，那种撕裂梦境的敲门声又野蛮地响起。

透过窗帘的晨光已经较刚才丰满多了，我怒气冲冲地翻身下地，奔至门前，满腔愤怒地问："谁？——"

“小沈，我是刘挺山！”他扯长了嗓子喊，“你开开门！”

刘挺山来干什么？他是我们单位的保卫科干事，快四十岁了，长得肉头肉脑，整天骑着辆破自行车出出进进的，平时见了他只是彼此点个头的交情。

看来今早这门非打开不可了，哪怕它是地狱之门。我受够了梦境被扰的折磨。

我“哗——”地摘掉门闩拉链，将门打开。

刘挺山的一左一右竟然站着两位穿制服的人，看来是先前的两位不速之客了。三个男人对着我现出吃惊的神色，我便恍然明白是自己穿着白色半透明的睡衣的缘故。我衣冠不整，昨夜因为贪杯过甚，也许眼泡也是浮肿的，他们没准以为撞见了幽灵。

“请进吧——”我将他们让到厅里，指着鞋架说，“那上面有拖鞋，你们自己换吧。”我反身回到卧室，将门关紧，打算换掉睡衣穿上一套规矩的能见警察的服装。卧室和厅里都静悄悄的，那三个人连话也不说。我讨厌自己换衣服时的那种窸窸窣窣的响声被陌生男人听见，当然对于我所爱的人来讲，我是乐意将这种声音制造给他听的，因为这本来就属于女人身上的一种美丽的声音。为了使这种声音永远成为爱的私语，我将录音机打开，喜多郎的《丝绸之路》的音乐随之翩翩而起。

一条黑色牛仔裤，一件驼色高领套头羊毛衫，这装束即使放到中世纪也算得上庄重了。我叠好被子，走出卧室。厅里椅子缺员，所以有一名警察站着，我便去厨房搬出一把。

我靠在冰箱旁等待他们发问。

“我们去了你单位，不找个熟人来，看来你是不会开门的。”其中给我出示过证件的警察说，"你的警惕性真高。"

"最近报纸接二连三报道一些妇女在家里遭强奸后遇害。"我略带嘲讽地说，"已经死了八个女人了，可凶手如今还不知道在哪儿悠闲地喝咖啡呢。听说有一个被杀的女人还在哺乳期。"我抽动了一下鼻翼，"其中死去的丽园酒店的领班，就在我的前一条街。"

"这我们理解。"警察抽动了一下嘴角，"所以——"他指了指刘挺山，"让他来叫开门。"

刘挺山"嗨"地点了一下头。

"我们想向你了解一下，昨天晚上你几点睡的？"发问的警察将头转向另一个警察，那人心领神会地拿出纸笔，就着厅里的方桌准备记录了。

"我是今天凌晨一点一刻才上床的。"

"噢——"警察兴奋了一下，"你有没有听到楼道里有什么响声？"

"没有。"我问，"出了什么事了？"

"没什么。"警察有些失落地继续问，"你怎么这么晚才上床呢？"他说完后又连忙更正，"不是上床，是睡觉。"

他的解释不由引我发笑，我说："晚睡是我的生活习惯。"

"那么你能否回忆一下昨晚你都在干什么？"

"可以。"我说，"晚上我炖了鸡汤，烧了个虾仁菠菜，切了两个皮蛋，七点左右开始喝酒。"我朝厅的墙角处的一个空酒瓶努努嘴，"那是战绩。"

"你有一个人喝酒的习惯？"

"差不多吧。"我说，"昨天是我的生日，我多喝了一些，不过我没醉。"我反身走进卧室举出一个画板，"瞧，我还画了九朵蝴蝶花。"

"这是你画的？"

"当然，我在酒后画的。"我沾沾自喜地说，"这种蓝色蝴蝶花多么动人！"

"为什么画的是九朵？"警察问。

"为什么？"我说，"我觉得这块画板有九朵蝴蝶花才恰到好处。若再多一朵，绿草就显得不开阔了；而少一朵，就会缺少了和谐，现出凋零的气象。"

"都有些什么人来为你祝贺生日？"警察又问。

"我一个人过的生日。"

三个男人都现出惊愕的神色。

"我是独身。"我变换了一下站的姿势，将腿叉开，双手抱在胸前，"生日只对个人来讲才有意义，我不愿意勉强别人来祝福我。"

两位警察面面相觑，现出极其失望的表情。

"你与邻居有往来吗？"警察又重新燃起希望问，"就是三号门的那对夫妇。"

"偶尔在楼道碰见互相点个头，没有深交。"我想起了他们常常在深夜时大吵大闹的事，便冲口而出，"他们老爱深夜吵架。"

警察的眼睛蓦然明亮了一层，他急切地问："你能不能说具体点？"

"我工作晚了的时候喜欢到厨房弄点吃的。我的厨房想必与三号门人家的卧室相连，所以他们吵架时我能听到。他们大约都在零点左右开始吵。"

"他们吵些什么？"

"吵架的内容我并不知道，只知道他们是在吵。只一两句话我记得很清楚，因为他们在说这两句话时声调格外高，好像用尽了全身力气。"

警察瞪大眼睛敛声屏气等待下文。

"是'你他妈的给我滚'和'×你妈'。"我说。

"'你他妈的给我滚'，是男人骂女人的吧？"

"不，是女人骂男人的。"

"哦。"警察敲了一下桌面，"他们一般吵多长时间？"

"这我不好说，因为我并不总待在厨房里。"我说。

警察起身对我说："谢谢你的合作，也许以后我们还会来打扰你。"

"究竟出了什么事？"

"三号门的女主人被人杀害了。"警察不动声色地盯着我说，"就在昨晚午夜时分。"

第九个被害的女人——与我相邻的女人。当她在血泊中挣扎的时候，我陶醉在九朵蝴蝶花的创作中。我颤抖不已，几乎不敢再正视蝴蝶花那青白柔嫩的花蕊。我惊慌得像一只被子弹擦伤的羚羊。

"谁发现她的尸首的？"我战战兢兢地问。

"凌晨两点，她丈夫回家的时候。"

"那时我刚刚入睡。"我觉得自己开始打哆嗦了，"她被强奸后杀害的？"

"跟以前的八个死者有所不同的是，她并没有被强暴的痕迹。"警察仍然不动声色地盯着我说，"不过杀人的方式与前八个是相同的。"

我终于抑制不住地神经质地叫了起来："那你们还在我这里浪费时间干吗？你们跟我啰里啰唆的时候，也许第十个人已经被害了！"

我的无礼并没有使他们感到愠怒，他们只是礼貌地起身，说着"打扰了"，然后到三号门的家里去。我恐怖异常，头晕目眩，连饥饿的感觉都没有了。我的枕头底下横放着一把锋利的剪刀；床头柜与床之间窄窄的凹缝中隐藏着一把铁锤；在厅门口的装有雨伞、手套、鞋垫的小木箱里，匿藏着一把龙泉宝剑，那钢是上好的，而且我请人为它开了刃。独身女人的居室就是一个布满机关、危机四伏的地方，社会秩序的动荡和混乱使我不得不做如此考虑，以备不测，否则一旦遭遇危险那将束手待毙。我不能指望自己总有良好的警惕性。把所有的可疑的陌生人拒之门外，这固然很关键；但是一些被熟人算计者也大有人在，所以屋子的各个角落便有了可供自卫的器具。我可不想自卫之后又身陷囹圄，那样还不如死去。所以我选择了剪刀、锤子、宝剑这类物件，它们具有为人服务和抵抗暴力的双重属性。它们不像匕首那样惹眼，因而自由度很大。剪子既能铰出好看的窗花，也能刺中一个人的心脏。锤子既能把一颗闪亮的钉子固定在墙上，挂上一幅自己满意的画，也能敲碎一个混账的头颅。宝剑就更不用说了。这种如今用作装饰和健身的器具是中世纪男人们最喜欢的决斗武器。我常在夜深人静之时望着它们所存在的秘密角落而陷入遐想。

一上午的时光像婊子一样令人生厌地溜走了。三号门里的女主人因为被谋杀还没有得到真正的安息。警察频繁地调查邻居，询问最近看没看到形迹可疑的人在楼道徘徊，当然问得最多的是关于他们夫妻吵架的事。二号门的女邻居诡秘地问我："警察向你调查他们吵架的事吗？"

"也许你们那堵墙隔音好。"

"你听说了吗？那女人死的时候她男人不在家，他回来时都半夜了。"

"现在的男人经常半夜回家。"

"我丈夫就不这样。"女邻居有些炫耀地说，"他一下班就去接孩子回家，我到市场买菜，全家人吃完饭后由他辅导女儿的功课，我看电视。"

"哦。"我为了满足她的虚荣心而推波助澜地说，"你真幸福，像你爱人这样的男人如今打着灯笼也难寻了。"

女邻居仿佛受到了意外的鼓舞，她突然贴在我耳边轻声说："别的女人死前都被强奸过，只有她死时没被强奸过，她丈夫是半夜回来的，咱们都得提防着点。"

"谢谢。"我说。

八个女人都是被强奸后杀害的，而且都是被剖腹杀害的，第九个人为什么未被强奸？难道杀人者不忍心强奸她？既然动了恻隐之心，为何又将她剖腹杀掉？如果真是三号门的男主人干的，那么晚报泄露那八位妇女惨无人道的被害方式无疑等于给凶手送了支枪，只可惜他在如法炮制时忽略了强奸的前提。也许他已没有了强奸妻子的激情。这种猜测使我感到害怕。

我在落叶斑驳的大街上朝王再伦的私人诊所走去。我们已经有半个多月没见面了。王再伦比我大四岁，属羊，是医大的高才生，毕业后只到市立医院干了一年多，便申请执照开了私人诊所。王再伦招聘了一名护士和一名勤杂工，诊所的白牌匾上赫然写着九个黑色楷体字——王再伦性病康复诊所。左上角依照惯例画着一个粗壮鲜明的红十字。我常常指着牌匾和王再伦开玩笑："王再伦性病——康复得如何了？"他便噘一下嘴一本正经地说："还好，还好。谢谢关心。"

也许人们都意识到冬天即将来临，户外活动的机会将会减少，所以深秋的街上行人如织。人们在阳光中散漫地走着，你分不清谁是罪犯，谁是慈善家；谁是性病患者，谁是清纯如水的少女；谁是暴富之后的吸毒者，谁又是正襟危坐的机关小职员。每一个人的眼神都是捉摸不定的。人们互相游离又密切相关，有人在电影院门前打情骂俏，还有人在街角气势汹汹地吵架。这些情景司空见惯，潮涨潮落周而复始。

一个小贩追着我兜售她的墨镜。这女人的嘴唇像是刷了红漆，浓艳而恶俗的红色有点令人反胃。

"瞧瞧你的眼睛多好看，这么大的风，你买一副保护你的眼睛吧。"

我对待这样"跟脚"的街头小贩向来报之以沉默。

我继续向前走着，步态悠闲，不紧不慢。我喜欢秋天的风，喜欢它在席卷秋叶时的那种充沛的激情。

"你看这风多大呀，要是眯了眼睛，可就遭罪了。你要是戴上墨镜后就不用担心在大风里走路了。"她的语调分明有点乞求的味道了。

她的这套伎俩我太熟悉了，所以依然旁若无人不紧不慢地向前走着。风将我的头发吹得飘扬起来。

那女人终于绝望了，她重重地在我身后"呸"了一口，然后恶声恶气地骂了一句："他妈的邪门了！"

我并没有回头与她争执，因为是她生气了，而我心情很好。我继续悠闲地向前走着。

王再伦聘来的女护士一见到我就向我推荐一家美容院。这女人三十二岁，才离婚不久，没有子女负担，有一张能把死人说活了的嘴，那双柳叶眉长在一双常常左顾右盼的眼睛上真是恰如其分。

"我只做过两次护理，你瞧瞧——"她鼓起腮帮子让我看她的脸颊，"就这么明显了。"

我对她虚情假意的热情非常熟悉，也知道应付的办法，所以明知故问地说："怎么明显了？"

"白呀——嫩呀——"她拖了长腔回答，但是已经出现很泄气的样子了。

"王医生在里面。"她有气无力地说，"有个患者。"

我笑笑，坐在临窗的一把木椅里。这样等待王再伦于我来讲已经不是第一次了。我每次来找他，他都在里面接待患者，他的患者总是很多。大多数时候同他一起出来的人都面带忧虑，见了人还有点躲躲闪闪，说话支支吾吾，能感觉出患者巨大的心理压力。患者以男性为多，其中暴发户占了绝大多数。

诊所里有一股消毒水的气味。空气清爽，窗明几净，女护士正守着一只白瓷托盘裹消毒棉签。

"哎——"终于她耐不住沉默了，她说，"昨天王医生冲一个患者发脾气了。"

我现出狐疑和吃惊的表情。王再伦对待患者一向态度温和。

"那个患者粘着假胡子，戴着墨镜，把自己化装成了地下党的形象，"女护士咯咯笑了，"不像是来看病的，倒像是来试镜头的。"

我饶有兴味地等待她继续说下去。

"王医生上前撕下他的假胡子，将墨镜给摔在地上，说：'如果你这副打扮，就不要来我这里，你以为我这里是特务机关？你以为我会把每一个患者的情况向新闻界公布？'那人后来向王医生道歉了。"

"真够戏剧性的。"我说。

"也是情有可原嘛。"女护士一挑眉毛说，"他是市政府机关一个处的处长，到南方考察一圈，回来就不舒服了。"女护士再一次咯咯笑了起来，"说是住宾馆洗澡洗出的毛病，可我却不相信。事后人们总是这么说。"

我们正说着，王再伦和一个女患者出来了。那女人三十来岁的样子，明眸皓齿，妆上得很浓，穿条紧身黑色高弹力长裤、半截束胸米色短毛衣，身材窈窕，风韵非凡。只是她的气色看上去非常灰旧。

"下次再来诊所别化妆，而且，你这一段不要穿这种紧绷的长裤。"王再伦将一张处方笺递给护士，对那患者嘱咐道。患者傲慢地看我一眼，然后等着取药。

王再伦在墙角的水龙头下用消毒皂洗了手，然后脱下白大褂，冲我歪头一笑说："怎么搞的，这么憔悴，昨晚喝酒没有量力而行吧？"

"我跟你说过多少次了。"我故作不满地说，"别在女人面前说她们憔悴。"

王再伦一摊双手，做出多有得罪的表情。

患者取了药走了。

女护士看了看王再伦，将消毒棉签盒放进消毒柜，莞尔一笑说："王医生，今天我能先走一会儿吗？"

"当然。"王再伦说，"不过明天不能迟到。"

"我知道。"女护士和颜悦色地换上便装，背起挎包冲我友好地点点头出去了。

"她怎么这么善解人意了？"我悄声说，"每次我来她都磨磨蹭蹭的不愿意走。"

"说明她爱上别人了。"王再伦幽默地一笑，"她爱上了别人，对我就毫不在意了。"

"真的？"我说。

"嗯，是一家制药厂的药剂师。"王再伦叹口气。

"你很失落？"我讥讽道，"现在还来得及，你可以近水楼台先得月。"

"你总改不了讥笑我的毛病。"王再伦毫不介意地说，"不过这才像你。"他又叹了一口气说："郑艳爱上了一名药剂师，我怕她有一天会离开诊所。你知道，郑艳这种人当护士是一流的，我需要一个态度温和、能言善辩、办事麻利的女助手。像你这种整天无精打采、冷若冰霜的人，会把我的患者全部吓跑。"

开始时我还注意听王再伦讲话，后来恐惧再一次回到我心头，我想起了第九个被杀的女性就住在我的隔壁。我抑制不住地哭着扑向王再伦怀里。

"哎，怎么了——"王再伦拍着我的后背说，"出了什么事？"

我仍然哭着，浑身哆哆嗦嗦的。

"哎，别把你的鼻涕弄到我的领口上。"王再伦再一次显示出他的幽默才华，"晚上我还要约会呢。"

我气恼地说："跟哪个婊子约会？"

"就是这一个。"王再伦使劲捏了一下我的尖下巴。

"又有一个女人被害了。"我抽抽噎噎地说，"是第九个了。就在我的隔壁，三号门的那个女主人。一大早警察就把我吵醒了。"

"噢——"王再伦使劲拥抱了我一下，"你一定是被吓坏了。"

"不过这女人死前没有遭到强奸。"我说。

"是吗？就是你常跟我说的那对深夜吵架的夫妇？"王再伦说，"有人怀疑是她丈夫干的？"

我点点头。

"所以你就怕上加怕了？"王再伦说。

"你知道我在楼道经常能碰见他，我还和他打过招呼。"我说，"有一次我提着几瓶啤酒上楼，他还主动帮我提上去。"

"这并不等于他在打你的主意。"王再伦说，"换了我也少不了这分殷勤的。"他再一次捏了捏我的尖下巴，"谁让你这尖下巴这么讨人喜欢呢？"

我常说王再伦这人审美心理倾斜，如果不是揶揄一个女人，谁会夸她的下巴好看呢？一般的男人热衷于赞美的还是女人的眼睛、眉毛、唇和鼻子，而王再伦独独喜欢我的下巴。他常说他第一次见到我的情景："端着个小下巴，做出矜持的样子，而满脸却都是天真。于是我就想，这下巴一旦不端着，轻轻松松地放下来，一定又调皮又可爱。"

那时王再伦刚刚大学毕业，是他上班的第一天，而我是他的第一个患者。我当时患了肠炎。

"晚上我请你出去吃饭，然后送你回家。"王再伦说，"保证不让你一个人在漆黑的楼道担惊受怕。"

黄昏时我们来到亮币餐厅。这家餐厅地势得天独厚，东临护城河，西接环形公园的丁香树丛。餐厅的老板娘是这个城市有名的美人，原来是市京剧团的当红花旦。她把餐馆经营得红红火火，以中餐为主，兼营西餐。这家餐馆没有卡拉 OK 的装置，也没有装修后显得低矮沉闷的包房，只是由北到南的一条狭长的大厅，两侧靠窗的桌子均为方形，只有中间的位置才放着十几张硕大的圆桌。他们这儿每天晚上八点都有一场京剧演唱会，那时会有不少戏迷来这儿捧场。

我最喜欢亮币餐厅的酱猪蹄和香椿面条。王再伦青睐的则是台湾风味的三杯鸡。我和王再伦通常是轮流做东，当然，他收入不薄，轮到他买单时，他总是多要一份酱猪蹄，让服务员打包给我带回去，我将它们放入冰箱的保鲜盒里，那是盛夏喝冰镇啤酒最好的下酒菜。这次当然也不例外。

今天我们来得稍微晚了一些，临着护城河的位子已被人坐满了。如果是五月，这一侧的位子几乎很难寻到，因为紫丁香火爆地开着，香气潮水一般起伏，人们被花色和芬芳诱惑得久久不肯离去。而我却喜欢看河，因为它永不凋零。即使冬天封了河，也知道那厚厚的冰层下仍然有水在潜流着。

我们叫了常吃的几样菜和一瓶果酒。王再伦用手叩了叩桌子，问我："昨晚一个人吃的生日蛋糕？"

"你还记得我昨天过生日？"我一撇嘴说，"连个祝福电话都没有给我。"

"去年我给你过生日，你喝得酩酊大醉，伤感得都快自杀了，今年我当然不敢造次了。"王再伦轻声说，"我知道你喜欢独处，生日是你的纪念日，我怕打扰了你的平静。不过我送了一枝花和一张卡在你门前。"

我哈哈笑了起来，"别跟我兜圈子了，你送了一枝花和一张卡在我门前？"我用手指弹了一下桌子，"就你——还会悄悄地？——"

王再伦的脸色有些发灰了，他说："你真要命。"

"我是要命。"我低声咕哝一句，垂头啜了一口酒，郑重其事地说，"我真是没有看到它们。"

"别再提这件事了。"王再伦叹口气说，"你还没吃东西呢，我可不想吃一肚子气回去。"

我们相安无事地开始吃东西。我手抓猪蹄一丝不苟地啃着，时不时望一眼窗外。丁香树丛的浓荫在黄昏里宛若一朵褐绿色的沉重的浮云，有几只鸟将树叶弄出响声，好像天使在树梢摆弄裙裾。王再伦看上去有些心事重重，但他还是竭力克制自己，当我把目光投向他时，他总是报之以微笑，不过那是一种纯属礼节性的平淡的微笑。邻桌的一对青年男女也在沉闷地吃饭，男人看上去乌云满面，女人则怒气冲冲地将刀叉弄得很响。他们在吃西餐。

"今天来看病的那人挺漂亮的。"我无话找话。

王再伦点了一下头，然后专心致志地吃菜。

"她的病很厉害吗？"

王再伦苦笑一下，摇摇头。这种模棱两可的回答使我大失所望，而且我讨厌一个人用动作而不是语言来回答我的问话，这种傲慢很伤害我的自尊。

我决心闭上嘴巴不再说话，而且设计好了吃完饭在他买单时就扬长而去。

邻桌的那对男女开始低声吵架了。

"你不说出这个女人的名字，我是不会和你继续过下去的。"女人说。

男人气急地说："你知道她是谁又能怎样呢？"

"当然不能怎样。"女人挑衅地说，"我还想活下去，我不想去杀人，我只是不想做个糊涂虫。"

"不管怎么说，我是不同意离婚的。"男人可怜巴巴地说，"我们毕竟夫妻六年了，孩子也三岁了。再说我和那个人只上过两回床。"

"你还知道我们是夫妻？"女人骂道，"无耻！"

女人劈手打了那男人一耳光，然后抓起皮包哭着离开了。大家都把注意力转移到男人身上，他守着一桌几乎原封未动的菜，现出木讷的神色。

"为什么受伤的总是男人？"王再伦开了一句玩笑，然后起身到洗手间去了。

暮色沉沉，风已经开始凉了。我无心继续再吃下去，便背起皮包出了餐馆。我绕着餐馆走了一圈，来到护城河畔的一棵树下。餐馆明亮的灯光投映到河面上，仿佛水中有幽魂在浮动。有时候人就是如此脆弱，我不知怎的流下了泪水。一些恋人在树影下如醉如痴地拥吻着，可我不知道谁能地久天长。我只明白一个很朴素的道理，当河畔正发生的爱情故事渐渐衰老，人们走向迟暮或劳燕分飞后，护城河还在，它的河水依然会柔软地接纳人间灯火。今天我在河畔伤心，半个世纪后将不会有我在河畔伤心，如果那时我还有幸活着，也注定因为历经沧桑而不知伤心的滋味。但河畔仍然将会有如我今天一样年轻的姑娘伤心。伤心是一种青春病，因而它是美丽的。

我离开护城河后想着该给王再伦打个电话表示歉意。到电话亭拨通了他的住处电话，却没人接，于是又往诊所打，仍然没人接。我气馁地放下电话，然后叫住一辆出租车打算回家。在司机打开车门的一瞬，我忽然想起半月前一个妇女夜间乘出租车被司机强行拉至郊外强奸的事，不由骇然地连连摆手说："对不起，我忘了带钱，请走吧。"

司机没有好气地："没钱叫什么车，神经病！"

我的确因为恐惧而有些失常了。有九个女人被无辜杀害了，而凶手却逍遥法外。我该如何判断好人与坏人？我该如何抵挡隐藏在暗处的出其不意的袭击？大街夜色里行人并不稀少，这使我觉得步行是极安全的一种回家方式。该亮的路灯都亮了，一些夜总会门脸处闪烁的霓虹灯不断地对路人做出鬼脸。我在楼群之中吃力地抬头望了望天空，企图与繁星相视一刻，然而我失望了。混沌的烟云悬浮于半空，使星光那美妙的音符无法波及大地。

当我走到我居住的楼洞门口时已经精疲力竭。我看见王再伦站在楼下等我。

"趁我去卫生间的空当溜了出来，这不像你做出的事吧？"王再伦晃了晃手中的塑料袋,"这个也没有带着。"那里面装着一份他为我多要的酱猪蹄。

"我已经准备向你道歉了。"我说,"给你家里和诊所都打了电话。"

"好吧,我带你上楼。"王再伦将一只手伸过来,牢牢地抓住我的手,引我上楼。楼道格外昏暗,我听见我们的脚步声敲击着这种使人窒息的昏暗,有一刻我险些踩着一块西瓜皮滑倒,幸亏王再伦紧紧抓住了我的手。

我掏出钥匙开门。

王再伦俯在我耳边悄声说:"不再害怕了吧?"

我冲他温存地一笑。

"那我回去了。"他将塑料袋递给我,"害怕了就给我打电话。"

"别——"我说,"进来让你看一样东西。"

我们关上门,换过拖鞋,来到卧室。我将奶白色的落地灯打开。

"想喝什么自己去冰箱拿。"我说。

王再伦答应着,到厅里去开冰箱的门。当他提着一瓶山楂果茶出现时,我已经把生日画的那幅蝴蝶花拿了出来。

"噢,你又让我鉴赏画,你知道我对绘画一窍不通。"王再伦先是做出痛苦状,然后才看着画说,"感觉挺不错的,生机勃勃的蓝色蝴蝶花。"

"你没从画中发现点什么?"我悄声问。

"你别难为我了。"王再伦用起子打开果茶的瓶盖,咕噜咕噜地喝了几口,"我可是个医生。"

"我也不是什么画家，这只是业余爱好嘛。"

"好吧，让我看看。"王再伦再次认真地看了看画，然后摇摇头说，"你饶了我吧。"

"请你查查我画了几朵蝴蝶花？"

"一、二、三、四……"咕噜咕噜，他又喝了一气果茶，"五、六、七、八、九。"王再伦漠然地说，"九朵嘛。"

"九朵。"我胆战心惊地说，"我怎么偏偏画了九朵蝴蝶花？"

"这没有什么玄妙的。"王再伦说，"九朵挺好的。"

"可是死了九个女人！"我失神地说，"如果我画八朵，也许三号门的女主人就不会死去。"

"这是巧合，别想得那么恐怖。"

"可是警察也注意到了，早晨他问我为什么画的是九朵花。也许他怀疑是我干的，我在为自己的杀人行为做一个浪漫的总结。"

王再伦将喝剩的果茶放到床头柜上，走过来拥抱住我，"警察怎么会怀疑你杀人呢？如果这幅画使你感到不安，就把它送给我吧。"

"不，它是我送给自己的生日礼物。"

"好好，它属于你，可是你不要再哭了。"

在护城河边垂泪时我以为已把泪水哭尽，不曾想余下的还是如此丰盈。王再伦的胸襟被弄湿了一大片，他不失时机地调侃我："凭你的泪水，真的可以哭倒长城了。"

我所在的妇女研究所是妇联的一个下属单位，加上所长，一共才六个人。我每周只上三天班，在那里无非是翻翻报纸，喝喝茶，听同事聊聊婚丧嫁娶和柴米油盐的琐事，有时也接待一些来上访的妇女。有保姆告男主人耍流氓的，有妻子痛诉丈夫性虐待的，有白发苍苍的老龄妇女告儿子不拿赡养费的。我们所能做的，除了安慰，就是指明她们能得到解决问题的真正途径：去法院起诉。大多的妇女对把事情诉诸法律程序都心怀恐惧，她们总是希望我们能不动声色地解决问题，而我们却爱莫能助。今天我一上班，便被一个面目迟钝的中年男人给缠住了，这使我很惊讶，因为极少有男同志光临妇女研究所。他自称是电业局的抄表工，前妻死后他又娶了一个女人。这女人原先对待他和前妻的孩子挺不错。可最近他却发现了异常。

"孩子原来又白又胖的，可这一段突然瘦了，脸色黄得吓人。在饭桌上也不爱吃东西。"他东张西望地对我诉说，那种慌张劲儿像是怕被人监听了去。

"那你领她到医院去检查检查。"我尽量态度和蔼地说，"也许她是生病了。"

"问题就出在这儿！"那男人忽然拍一下大腿，"我领孩子看了医生，花了一百多块钱，医生没查出病来，她是没病的。后来我才注意到孩子在饭桌上老拿眼睛看她的后妈，她不敢吃饭。"

"孩子这么跟你说了？"

"孩子敢说吗？是我自己看到的。"

"你与这个妻子有孩子吗？"

那男人又可笑地一拍大腿说："问题就出在这里，我和她生了个儿子，孩子三岁了，正是需要营养的时候。我注意到她总把好吃的摆到自己的亲生儿子面前。"

"那你与前妻生的孩子是女孩？"

那男人鸡啄米似的连连点头。

"她几岁了？"

那男人伸出一双手来，晃了晃十指，然后将手落下再伸出一只手，将大小拇指勾在掌心，竖出中间的三个青色指头。

"十三岁了。"我说，"她在学校有没有什么不开心的？"

"这不可能，她是个乖孩子，学习成绩一直都是班里的头三名。"他说。

"那她不吃饭时你妻子劝她吃吗？"

"阴险就阴险在这儿呢，她不但劝她吃，还当着我的面虚情假意地给她打荷包蛋。孩子不吃，她就端着喂给亲生儿子。"那男人小声说，"你们得帮我想个办法，我怕她……暗杀了我的女儿……"

男人说完这话时嘴唇哆哆嗦嗦的。他胡子拉碴，眼里布满血丝，粗大的手上青筋勃勃跳着，眼神充满了绝望。

"也许你过于紧张了。"我安慰他，"她怎么会暗杀你的女儿呢？"

"反正你们得想个办法。孩子天天都不吃东西，这样下去就完了。"

"请你把你家的地址和孩子学校的地址留给我。"我本可以把这个神经过敏的男人打发走，但那小女孩的怪异引起了我的好奇心。

那男人留下地址后一步三回头地走了。他那最后的一瞥充满了乞求和渴望。

晚报用整版篇幅报道了第九个被害的女人。人们津津有味地谈论着这个话题。临街新开张的一家商店正为一种化妆品做促销宣传，急救车的铃声掠过树梢一直传到高层建筑上，一些人在阳台将头探出窗外东张西望着。

送走了那位神经兮兮的中年男人，我刚刚唱了一会儿茶，王美佳笑吟吟地提着个半导体进来了。她穿了件火红色的羊毛衫，使本来就红润的脸变得更红了。王美佳心直口快，喜欢打花色样式各异的毛衣，有个十二岁的男孩和一个在合资企业工作的丈夫，生活和睦，是研究所公认最幸福的女人。

王美佳打开半导体，说："听听，一会儿所长在电台直播间坐台，解答妇女提出的问题。"

"那太值得一听了。"我笑了，"所长一犯急，什么话都敢说。"

"嗨，人家事先还不是得定个框框给她？随心所欲地胡说八道怎么行，那可是直播节目。"

电台为了贴近现实生活，拉近与听众的距离，争先恐后地办起了直播节目。参与最为广泛的当然是热线点播，主持人与听众交流的话无非是千篇一律的那么几句："请问您把这首歌点给谁听？对朋友表达什么样的祝福？"听众的回答也总离不开已经泛滥成灾的那几个词：幸福、平安、快乐、健康之类。双方啰啰唆唆地说完一大堆废话之后，一首歌才缓缓响起，然而往往在旋律还没有结束的时候，主持人又饶舌地表现他的口才了，让人倒尽胃口。所以我后来不听热线点播节目了。倒是一些社会性话题的节目值得一听，因为听众往往提一些很尖锐的问题令主持人和坐台嘉宾难于招架，只剩搪塞的份儿。例如有一次一家报社的体育专栏记者坐台，与听众探讨为什么中国足球总是徘徊不前。一位听众打来电话问："咱们球员中场休息时都去了哪里？"坐台嘉宾说："当然是回休息室了，这时主教练会向队员布置下半场的战术。"那位听众就说："我还以为他们去逛妓院了呢！他们一到下半场腿就软得连最简单的技术动作也做不出来。"还有一次一位唱流行歌曲的男歌星来坐台，主持人油滑地与他插科打诨，问他是否已有了意中人。男歌星拖着长腔说："我这几年一直忙于写歌和开演唱会，没时间拍拖啦！"一位听众便不失时机地打来电话，问："什么是拍拖？"弄得男歌星格外尴尬。接着听众又说："你怎么娘儿们叽叽的？"

这样的节目便出现了事故。这种意外事故总是令大多数听众开怀不已，当然这不是幸灾乐祸，而是能够痛快淋漓将不满发泄出来的一种畅快。

十点的悦耳钟声一过，电波中传来了一个温和亲切的女中音："亲爱的听众朋友，上午好。《社会与人生》节目又与广大听众朋友们见面了。今天我们有幸请来了省妇女研究所的所长高桂兰女士，请她谈谈对当前妇女问题的一些看法。听众朋友如有什么话要与高女士交流，可直接拨打我们的两部热线电话，9382601、9684533。"

一段抒情优美的音乐随之响起，是《雪绒花》，未等曲子放完，主持人的话语又出现了："高女士，您好。首先感谢您在百忙之中能来到直播间与广大听众朋友进行交流，能否请您谈谈对当前妇女问题的一些看法？"

几秒钟的静寂后，麦克风吱吱哇哇地响了几声，待到杂音消尽，一个略带沙哑的熟悉的女中音朝我们的耳畔亲切传来："听众朋友，你们好。我是妇女研究所的高桂兰，首先我感谢电台给我这样一个机会能与听众朋友进行交流。"

"挺老练的嘛。"我说。

王美佳点点头，我们会心会意地相视一笑。

"对于当前妇女工作中出现的一些问题，我谈谈个人的看法。"接下来便是照本宣科地讲一些空洞无味的官话，弄得我和王美佳都有些兴味索然。王美佳嘟哝道："一点锋芒都没有，回来罚她做东请我们吃饭。"

我摆摆手，示意她继续听下去，因为主持人接进来一个听众的热线电话。听众说："高老师，你刚才讲的那番话我都觉得在理，可做起来就困难了。我和爱人闹离婚闹了快三年了，法院至今也没给结果，老是不停地调解，弄得我都心灰意冷了。"

高桂兰问："你们为什么要离婚？"

"说出来不怕你们笑话。就因为他不爱洗脚和睡觉打呼噜。我这个人爱干净，喜欢静，晚上有一点动静都睡不着。跟他生活这几年，我瘦了二十多斤，神经衰弱得厉害，工作老是出错。"

"你是做什么工作的？"

"银行的出纳员。"那女人带着哭腔说，"我试图让他改改不讲卫生的习惯，晚上给他打好洗脚水，可他理都不理，哗啦一下就给倒掉，你说我气不气呢？到了大夏天，那才遭罪呢，他是汗脚，臭得我直恶心。他这个人睡眠不好，呼噜打得邻居都能听得见。我们家只一间屋子，要是屋子多倒也好，各睡各的，可我们就是再奋斗十年也不见得能改善住房条件。你说这日子还能过下去吗？"

"这些都不是离婚的最主要理由。"高桂兰柔声劝说，"有些习惯是可以改的，夫妻间要相互理解才能相濡以沫。"

"你们都说相同的话，我也没办法了。你们要是摊上就知道了。"女人抑制不住地哭了，"实在不行我就自杀吧。"

听众失望地放下了电话。

主持人大概也没料到会发生这种情况，她故作轻松地打着圆场，"看来刚才这位听众朋友情绪有些激动。其实再融洽的夫妻也会有摩擦，只要我们用爱心去相互理解，一切矛盾都会解决的。高所长您说是吗？"

"是是。"高桂兰只有应付的份儿了。

王美佳说："瞧瞧，坐上嘉宾席就身不由己了吧？"

我摆摆手，示意她再听下去。又一个热线电话被接进直播间，那是一个说话有些急促而声音尖细的女人，"请问高所长，您对本城有九位妇女先后被害做何感想？"

"唔——这个——"高桂兰踌躇了一番，然后说，"我对这九个遇害的妇女表示深深的同情。她们都正处于风华正茂的年龄，正是为祖国建设出力的时候，她们有自己的事业、丈夫、孩子——"

"废话。"我对着半导体做个鬼脸。

"她们的遇害说明我们应该加强法制和道德教育，妇女也要增强自身的防范能力，要学会保护自己。晚上出门要格外小心，一个人在家时不要轻易给陌生人开门。"

"唉，真无知。"王美佳一摊手说，"跟卖菜的老大妈说的话没什么区别。我关了。"

"别——"我说，听众肯定还有话说。

果然，高所长的话音刚落，听众就激烈地说："其实您并没有回答我的问题。您有被强奸和杀害的恐惧吗？"

主持人连忙接过话说："请听众朋友在提问题时要礼貌些。"

高所长说："没关系，让她说下去。"而她的语调中已经掩饰不住愠怒了。

"噢，对不起，电话断掉了。"主持人从容地说，"高所长您还有什么要说的？"

"我觉得自爱和自重是一个妇女的美德。"高桂兰又开始喋喋不休地讲自爱和自重。

"你说那听众怎么会挂断电话呢？"王美佳说，"一定是主持人让导播掐掉了那个电话。"

"那还用问吗？"我说。

"高所长坐台一次就出了两次事故。"王美佳说，"等着吧，一会儿她从电台回来一定脸色铁青。我得把半导体藏起来，装作没听过这个节目。"

我笑了。王美佳拨动调谐钮，一首硬邦邦的歌曲刺耳地传来，王美佳说："还不如听乌鸦叫。"

我说："唱歌的人好像大便干燥。"

"说粗话的女孩子将来可找不到老公。"王美佳说。

"那就不找。"我轻松一笑，"等着别人送上门来。"

"臭美！"王美佳关掉了半导体。

我又一次来到了那条大河。我走在河岸上，空气很潮湿，岸上堆着一些破旧的渔网，浅水中还停着几条斑驳不堪的船。对岸隐隐现出渔村的影子，我望见了悠闲升腾着的炊烟。这是傍晚时分，没有晚霞，没有行人，我孤零零地站在河岸上，想要寻找什么，可脑子里混沌一片。我便沿着河岸来来回回地走。时间消逝得很快，不觉已是月亮东升的时分了。我看着月亮吝啬地一点一点显露它的容颜，其实它的美貌已经使我麻木了。

当月亮完完全全将它半残的青白的脸推到天宇之中时，我忽然听到浅水上一阵微妙的震颤声。我循声而去，在泛着稀薄月光的水面上看到了阵阵涟漪，我正惊讶着，突然水面腾地蹿起一串水花，接着一条鱼尾优雅地轻轻一摆，然后又猝然消失。水面上的涟漪渐渐散尽，复现出平滑如镜的常态。我脱掉鞋子，赤脚走进浅水，俯身用手在水里摸索着那条转瞬即逝的鱼。猛然间，我触着了一处光滑柔软微微耸动着的东西，就像摸到了石壁上的青苔，我想我一定是与鱼相遇了。我兴奋着，打算出其不意地伸出手指，迅速地捺住它柔软而难以驯服的身体。正在这紧急关头，敲门声袭击了我。

疲倦的晨光已经透过窗帘的缝隙探进卧室了。我披衣起床，来到门口，敲门声矜持地持续着，透过门镜，我望见了公安局的那两位警察，不由懊恼万分地说："请等一下，我马上就来。"

我返回卧室飞快地换掉睡衣，穿上一套银灰色的薄呢西装，然后将门打开。

"对不起，打扰你了，我们还想向你了解些情况。"

"请便吧。"我将两双拖鞋扔过去，"吸烟吗？"

他们同时摇摇头，说："不会。"

"喝茶吗？"

他们又同时摇摇头，只是没说"不会"。

"上次你说过，你经常听见邻居在深夜吵架，那么你能否再认真仔细地回忆一下吵架的内容？"

"我说过了，吵些什么我并不清楚。"

"那么你与死去的女主人有来往吗？"

我垂头丧气地摇摇头，反问："现在有相互往来的邻居吗？"

"那么你与男主人有来往吗？"

我觉得这个问题提得很阴险，虽然说那人曾帮我提过啤酒，但我还是将它完全地隐瞒了，我说："没有。"

他们并不像上次那样现出沮丧和失望，稍胖一些的警察又问："你经常都这么晚才起床吗？现在已经是九点一刻了。"

"不上班时我喜欢睡懒觉。"

"那么你晚上做些什么呢？"

"看电视、看书、写点文章。有时什么也不干，胡思乱想，时间就噌的一下过去了。"我打了一个飞快流逝的手势，然后才警觉地问，"这与案件有什么关系？"

"啊，随便问问。"警察又问，"你周围交往的朋友多吗？"

我冷冷地看了他们一眼，低低地问："你们怀疑我？"

"你是什么时候喜欢绘画的？"他们没有回答我的话，反而又提出一个问题。我想起了那九朵蝴蝶花，那九个神秘死去的女人。但愿第九个遇害的女人是这场悲怆乐曲的休止符。我沉默着，必须沉默，否则再开口我会骂人的。

"如果你想起了什么线索，请给我们打个电话。"警察站起来递过来一张名片，"今天就到这儿吧。"

我将名片接过来，看也没看就掖进西装的口袋里。

起风了，窗户被鼓荡得哗哗地响。站在窗前，可以望见枯黄的落叶在风中像群鸟在飞翔。这样的风再刮上几天，暮秋的雨会随之冷冷地洗涤一遍尘世，冬天就会到来了。

我打扫干净房间，冲了杯咖啡，吃了几块甜点，便将电话打到王再伦的诊所。

"他正忙着。"接电话的是郑艳，"如果你有急事，我就去喊他，刚刚来了位患者。"

"没急事。"我说，"麻烦你在他接待完患者后，让他给我回个电话。"

"没问题。"郑艳说，"就这样，再见。"

"再见。"我放下电话。

高桂兰所长那天从电台坐台归来果然铁青着脸。我们都做出若无其事的样子，看报的看报，喝茶的喝茶。她独自闷坐了一刻后，征求我们的意见，说马上就是中秋节了，所里想给大家分点东西，问什么东西是大家想要的。

"别是卫生巾就行。"我说。

高所长漠然地看了我一眼。

王美佳问："你得先告诉我们每人可得到多少钱的东西。"

"三十元左右吧。"高所长说。

"三十元？"王美佳吐了一下舌头，"买一摞汗脚鞋垫送给不爱洗脚的丈夫吧。"

高所长的脸腾地红了，王美佳后悔不迭地吃惊地捂住自己的嘴。

"你们听了刚才的节目？"高桂兰问。

"听了一小段，"王美佳说，"挺不错的。"

"你说现在的女人怎么这么不自爱，什么话都敢在电话里说，还威胁我说她只好去自杀了。"高桂兰气咻咻地说，"她自杀就自杀去吧，谁也没拦她。"

"就是——"王美佳拖长腔附和一句，然后岔开话题说，"三十元够买一只笨鸡的，咱们去菜市场买活鸡去。那些鸡都是从农村抓来的，现宰现卖，炖汤最有营养了，味道也好。不像那些肉食鸡，含有激素，吃得八九岁的女孩就长乳房了。"王美佳哈哈地乐。

"也许她真的会自杀。"我提醒高桂兰，"她绝对不会无缘无故地说那番话。"

"那我得找她谈谈。"高桂兰忧心忡忡地说，"也不知道怎么能找到她。唉。电台也真是的，闹什么改革，弄直播节目来折腾人。"

高桂兰几天来一直寻找那位因丈夫不洗脚和打呼噜而要离婚的女人，可她至今没有丝毫线索，这弄得她心情很坏，再加上更年期的反应，整日愁容惨淡的。

电话铃声响了。

"喂，你好。"这是王再伦一贯的礼貌开场白。

"你好。"我附和道。

"刚刚接待了一个很奇特的患者。"王再伦说，"他怀疑自己得了艾滋病，充满绝望。"

"其实他并没有患艾滋病，是吗？"我问。

"那得由他到大医院做这个项目的化验。"王再伦说，"可他固执得很，坚持不去。不停地问我他还能活多久。"

"你看他能活多久？"

"他壮得像头牛。"王再伦说，"凭他的身体底子，如果不发生意外，非要等到老眼昏花后才有死的可能。"

"这可不像医生说的话。"我问,"他怎么怀疑自己得了艾滋病?"

"他说他认识一个艾滋病患者,他手上未痊愈的伤口接触了那个人的血。我便问那个艾滋病患者的情况,可他闭口不谈。"王再伦说,"算了,不谈这个了,你找我有事?"

"早晨警察又来了,询问我关于邻居的情况,他们还问了我一些莫名其妙的问题,特别滑稽。他们是不是以为我这个人很怪,想尝尝杀人的滋味,所以窜入了邻居家,因为女人杀人是不可能有强奸的前提的,而且我无缘无故在邻居被害的深夜画了九朵蝴蝶花。他们一定在怀疑我,我很害怕。"

"你别胡思乱想,他们若怀疑你,说明他们智商低下。他们肯定还是冲着死者的丈夫去的,你别担心。"

"可我作画的爱好与案件有什么联系?"

"他们也许只是为了接近你,和你聊些你感兴趣的话题。"

"狗屁!"

"嗨,又要用消毒水给你洗嘴了吧?"

"好吧,你要是晚上有时间就来我这儿吃饭。"

"可别再弄半生不熟的煎牛肉饼来对付我。"

"放心,这次吃排骨冬瓜。"

"下午你想干点什么?"王再伦说,"别老闷在家里,小心身上生霉点。出来晒晒太阳。"

"我正打算到一家学校去看个人。"

"谁呀?"王再伦问。

"你让我留点话等你晚上回来再说不行吗?"

"好吧，先这样，再见。"王再伦说。

培英小学在分香路的闹市区。学校的围栏外拥满了做小买卖的商贩。卖冰激凌的，卖棉花糖的，卖形形色色小型纪念章的，卖生日卡的，卖各色包装精美的小食品的，简直就是一个露天的百货商场。据说市政府曾三令五申严禁商贩在学校门前做买卖，然而却屡禁不绝，如今连烤羊肉串的摊点也来凑热闹了。

我找到了费佳佳的班主任，他是一个三十岁左右的年轻教师，穿中山装，面目清秀，说话很温和，斯文儒雅。我向他说明了来意，他礼貌地给我倒了杯水，说："费佳佳这一段的确有些心神不定的，她还不和同学们做游戏。前天的一次语文小测验，她把不该错的题都答错了。"

"你没找她谈心吗？"

"谈过了，毫无结果。"班主任说，"我准备这个星期天去她家家访。"

"我能见见费佳佳吗？"我说，"也许我会发现点什么。"

"试试吧。"我又说，"找个什么借口？"

"你自称是研究沉重心理的研究员，我给你找来三个女同学，其中有一个是费佳佳。"

"这主意真妙。"我喝了杯水，"就在校园的草坪上谈怎样？"

"当然好了，我找学生谈话从来不在办公室。"

班主任在学生们上完第二节课后给我找来了三名女学生。一个叽叽喳喳的爱说爱笑，一个腼腆的老用手捻上衣角，另一个面色苍黄、不苟言笑的穿白毛衣的女孩就是费佳佳了。我依照程序先敷衍了事地与另外两名女学生谈话，她们抱怨功课太紧，抱怨父母不让她们看电视，那个心直口快的女学生还说她最怕碰上坏蛋，所以她晚上从不出门。轮到费佳佳，她怯怯地看了我一眼，然后垂下头盯着草丛中的一只蚂蚁。

"班主任说你功课好，你能谈谈你是怎么把学习搞好的吗？"

"就是认真学呗。"费佳佳恹恹无力地说。

"你在家做家务吗？"

费佳佳心事重重地点点头。

"你是不是身体不舒服？"我轻声问。

费佳佳抬头望了我一眼，怯怯地问："你真的是研究人的心理的？"

我点点头。

"别人想什么你都知道？"费佳佳睁大了眼睛，"就像算命先生一样？"

我只能将计就计地点头。

"那你能算出那个杀人犯是谁吗？"费佳佳打了一个寒战，说，"他已经杀了九个女人了。我这一段都要吓死了。"

"可他杀的都是成年妇女啊。"我说。

"我后妈是成年妇女啊。"费佳佳说，"我老是担心有一天她会被那个罪犯给强奸后杀害，所以我老是提心吊胆，下午放学早了都不敢回家。我怕一推开家门，她浑身是血倒在床上。"费佳佳又打了一个寒战。

"你很爱你的后妈？"我问。

"她比别的同学的后妈强多了。她不打我，也让我吃饱饭，我挺知足的了。我班有个同学的后妈对她可凶呢，老罚她干活，还不给吃饱。说是让她十六岁就嫁人，这多可怕呀。我后妈要是被害了，我爸再给我找个不如她的后妈，我该怎么办？"费佳佳充满焦虑地望着我。

我的心紧抽了一下。

"我后妈是个大大咧咧的人，她有时午睡还不关门。阳台的窗户也老是忘关，我不好意思提醒她，怕她以为我咒她死。"费佳佳说，"有时上着上着课，我就好像听见了她的尖叫声，她呼吸急促，头发被撕扯乱了，她正招着手要我去救她……"

我全明白了。

"可我回家后发现她什么事也没有，也许我的脑子有毛病了。后来我爸领我去医院看病，什么也没查出来。"费佳佳忧戚地望着我，说，"我再这样下去会不会死呢？"

我无言以对。这太出乎我意料了。我原以为费佳佳身上出现的问题是早恋或者是少女初潮时的恐慌，没有想到她竟与我一样对暴力行为深怀恐惧。

我沉静地把自己的恐惧也讲给费佳佳，我说这是一个正常人都会有的恐惧，它需要逐渐地克服。既然她爱后母，有了这种恐惧可以直接跟她说，她只会感动而不会嫌弃。费佳佳泪眼蒙眬地看着我，问："那我怎么跟她开头说呢？"

"想怎么开头就怎么开头。"我说，"只要你把自己的真实想法说了出来，她会更喜欢你，你自己也会恢复平静。你会像过去一样无忧无虑。"

费佳佳的神色看上去开朗了许多。她离开草坪时对我笑了笑。

我找到费佳佳的班主任，将刚才的谈话对他和盘托出。他怔了一下，然后说："我真的没有想到会这样。"

"我也没想到。"我说。

"看来学生们的心理已不像我设想的那么单纯了。"他忽然问我，"你怎么知道这一段费佳佳反常的情况？"

"她父亲去过研究所。"我把那天的经历又复述一遍。

"她父亲非常宠爱费佳佳，所以他才会怀疑自己的妻子。"班主任说，"不管他多忙，每次家长会他都来参加。回回都穿得板板正正的，脸上的表情很迟钝。只有在我表扬费佳佳的时候，他的脸上才出现快活的神情。"

"给人当后母也真不容易。"我告别班主任，"我还得去费佳佳爸爸的单位，不然他解除不了对妻子的疑心。"

"好吧。"他矜持地握着我的手，"以后有机会可到我那儿坐坐。"

"可以。"我笑笑，"我觉得你挺怪的。"

"是这身中山装吧？"

"不过它对你很适合。"

"谢谢。我穿中山装讲课时特别有激情。"他松开我的手，随之从口袋里取出纸和笔，将姓名、家址和电话一一写给我，我也将自己的写给了他。

"沈史东——"我饶有兴味地看着他的名字。

"这名字太老成持重了，是吗？"

"不，我只是没想到我们同姓。"

"我还以为你姓甄呢。"他说，"先前你自我介绍时我误听成'甄妮'了。"

我笑笑："也许我刚才口齿不清，不过我真的姓沈，沈妮。"

沈史东温和地笑着再次与我握别。

　　我找到费佳佳的父亲时已经是黄昏时分了。电业局工作室让几名出外作业的工人熏得烟雾腾腾，四五个男人蜷在椅子里吸烟。费佳佳的父亲一见了我，慌得掉了烟蒂，连忙尾随我来到门前的一棵榆树下。他眼睛里飞舞着血丝，嘴唇泛白，张口结舌地问："怎么样了，你们调查了吗？"

　　"你女儿其实只是为她后妈的生命担忧。"我把费佳佳的话转述给他听。

　　"原来是这么回事，看把我吓的！"他大声叫着，摊开一双粗糙的手，脸上的紧张表情消失了，他连连说，"我真是没有想到，佳佳和她后妈还这么好，我还以为——"

　　"你妻子是没有过错的。"我说，"不要这么疑神疑鬼。"

　　"咳，我都悄悄监视她半个来月了。"他摸了摸自己的胡子，突然呵呵笑了两声，说，"一会儿下班我给老婆买它三斤咸鸭蛋，让她吃个够！"

　　我告别费佳佳的父亲往回返时，夕阳已是强弩之末了。街上车水马龙，嘈声不绝。我在换车时正赶上车流的高峰期，在拥挤的人丛中不幸掉了鞋跟，所以下车后只能一脚高一脚低地慢吞吞地走。好在暮色中的人们各奔东西，没有人注意我那滑稽的步态，只是快到我居住的楼的街口时，楼下那个常戴着红袖标维持治安的胖老太太奇怪地看了我一眼，但很快有一个遛狗的老头上去和她打招呼了，她也就转移了对我的注意力。

　　王再伦已经候在楼门口了。他穿着件藏蓝色风衣，双手斜插在口袋里，棱角分明的脸上挂着淡淡的笑意，猛一看真仿佛是一位大主教。

"嘿——"他走上来搡了我一把，"怎么好像刚从波黑战场归来？"

"鞋跟掉了。"我懊恼万分地说，"上帝多么不公正，我刚做完一件善事，他却给我这样的惩罚。"

"瞧你累得这副样子吧，看来今晚又要我下厨了。你请人吃饭总是这么马马虎虎吗？"

"不全是。"我说，"若是有比你更亲密的朋友来，我会提前一天就下好菜码的。"

王再伦撇了一下嘴，然后扶我上楼。我洗过脸便安安静静地躺在床上听音乐。王再伦在厨房有声有色地忙着。暮色越来越浓重，有限的光明悄然隐退，昏暗的房间里洋溢着一股使人沉沦的气息。我喜欢这种介于天堂和地狱之间的昏暗气息。不久，两碗热气腾腾的炸酱面已经上了餐桌，一盏低垂的灯因为感染了热面的呵气而变得雾蒙蒙的。如果这时候王再伦向我求婚，我想我会立刻答应的。然而一切都是无与伦比的平静。吃过面，我呆呆地看着灯上面弥漫着的一层细密的水珠，它们晶莹圆润，极像一片被微缩了的白雪笼罩下的教堂的穹隆。

"下午去哪里做善事了？"王再伦关上厨房的门向我走来。

"去一所小学。"我说，"我还认识了一个青年教师，他与我同姓，穿着中山装，很斯文的。"

"移情别恋了？"王再伦调侃着递过来一杯茶。

我不置可否地笑笑，因为在我渴望温情的时候，王再伦始终如一的小幽默就有些让人生厌。而我又不便戳穿它，所以只能应付着找些题外话来消磨时光。我知道这个夜晚将像一道酸腐的菜一样让人败兴。

"讲讲你那个怀疑自己得了艾滋病的患者吧。"我啜了一口茶说。

男邻居被公安机关拘留审查了，这使得所有的女邻居为此大松一口气。只要他有做凶手的嫌疑，那么他还是待在公安局对我们才更安全。我在漆黑的楼道摸索着上下时不再那般恐怖，而且又能心安理得地在房间里写写画画了。三号门真正是安静了，没有争吵声，没有脚步声，那样它和太平间也就没有什么区别了。有几天深夜我来到厨房时不知怎的格外怀念那种曾深扰我的争吵声。这种时候秋风已经不那么激烈了，林荫路上的树因为失掉了叶子，在昏黑的星夜中兀立着单调的枝丫，给人一种张牙舞爪的感觉。我很少到街上去了，在这种季节，人的失落和惆怅感尤为强烈。有一天我正在午休，二号门的女邻居把我敲醒了。她站在门外指着三号门悄声对我说："你知道吗？这家的男人真的杀了自己的妻子。他那天晚上跟三个男人在一起打麻将，到了半夜十一点，他突然说有事要出去一趟，等他再回来时已经是凌晨一点了，他有将近两小时的作案时间，而他妻子就是在这期间遇害的。他说不出来他去了哪里。"

"你怎么知道得这么详细？"我问。

"我家有个亲属在公安局。"她挺神秘地说，"他无端地失踪两小时回来后，心不在焉地又打了一圈麻将，说自己手气不好，就回家了。那时大约是凌晨两点吧，他回来后报了案。"

"全自己承认了吗？"

"那可是杀头的罪，他能承认吗？可他说不出来那两小时他去了哪里。他的几个朋友又都证明他在那期间的确失踪了。可是他们现在取不到有力的证据。"

"真要是他杀了妻子，那就太可怕了。"我说。

"就是，知人知面不知心，看着还挺好的一个人。"女邻居说，"咱们从今以后能太平了。"

"如果取不到证据，说不定很快就会放他出来。"

"所以我才找你啊。"女邻居说，"公安局再来调查时，咱们得说不喜欢他这个邻居，说他经常打骂妻子，这样他就别想出来了。"

"我只是听见他们深夜吵架，并不能说明他打了妻子。"我强调。

"你想啊。一个女人不是挨了打，她平白无故哭什么？"

"可是我不能捕风捉影地提供伪证。"我严肃地说。

女邻居有些尴尬和愠怒地告辞了。她将自家的门关得很响。我反身回屋，为她的自私和蛮横而有些气恼。然而我是善于调节自己的情绪的，我先为自己调了一杯柠檬水，然后又读了几页让人感到温存亲切的诗歌，这才又躺到床上看着窗外。天阴得很厉害，可是雨还没有下来，我的视野里是沉重的无边的灰色，它使短暂隐遁的困倦再度重现。

我已经是第三次来到河岸了。河岸上没有行人，远远近近都飘飞着轻盈的雪花，对岸的渔村因为苍茫而若隐若现。我站在河岸上眺望河水，它看上去消瘦了许多，没有了阳光的照耀和月光的抚慰，它显得有些阴郁，水面上没有闪闪的波光。我穿着单薄，可却没有感觉到寒冷，那是一场温暖的雪。我不知这是什么时辰，似黄昏，又似久雨不晴的黎明。我在行走的时候脚忽然触着一样东西，垂头一看，竟是一根金光灿灿的鱼竿。它的质地是竹子的，可不知为何却给人一种金属的感觉。这根鱼竿几乎像一道闪电刺疼了我的眼睛。我极目四望，周围的场景都是灰白色的，只有这根鱼竿是金黄色的，它在闪闪发光，一刻不停地消融着落在它身上的雪花。我深知"水寒鱼不饵"的道理，但是如果将钓丝加长，水深处的鱼也许会浮出温柔之乡。我拈起那根银色的钓丝，发现它已经长得能钩起水底的水草了，于是便握着鱼竿将钓线深深地抛入河水中。雪花仍然姿态娴雅地飞舞着，我握着鱼竿的手微微发热。鱼钩上没有鱼饵，可我坚信会有鱼来吻它的。这样的鱼只能有两类：最愚蠢的和最聪明的。

突然鱼漂上下抖动了起来，接着水面泛起一瓣又一瓣的涟漪。这是鱼咬钩的信号。我敛声屏气地拈着丝线，一点一点地将它收回河岸，我坚信会有一条大鱼马上冲我摇头摆尾的。就在这种时候，敲门声又经典性地响起。我懊恼地睁开双眼，一切都涣然冰释了，我知道门外一定站着公安局的两个警察，他们总是与我的美梦相悖。我径直走到房厅打开了门。

果然是他们。看来外面已经下雨了，他们披着湿淋淋的雨衣。

"你怎么不问问是谁就开门了？"其中爱提问题的那人说。

"因为不会有别人在我最需要梦境的时候来敲门。"

"对不起，打扰了。"警察并未恼，他看看表，说，"这已经是午后三时了，我们以为早已过了午休时间。你的生活总是这么不规律吗？"

"这与案件有关系吗？"我态度生硬地说。

"当然，这只是随口问问。"警察说，"我们不知你这一段是否回忆起了三号门男女主人吵架的一些事？"

"对不起，我压根儿就没回忆它。也没什么可回忆的。"

"你知道吗？凶手现在仍然逍遥法外，你的回忆将会对我们大有帮助。"

"你们不是已经把那个男人抓起来了吗？"我说，"应该把时间花费在他身上。"

"你怎么知道他被拘留了？"

"算了，算了——"我烦躁地说，"这算得上秘密吗？案件还没侦破，可你们早已把凶手杀人的方式向新闻界披露了。还有什么秘密能抵得上它呢？"

两位警察面面相觑着，其中那个不爱说话的突然说："如果你不合作，将会有第十个女性被害。"

"第十个女性？亏你们说得出口。不会了，不会了！"我激烈地大声说，"第九个就是终结了！"

"所以你画了九朵蝴蝶花？"

"九朵蝴蝶花怎么了？"我因为气愤而有些语无伦次，"你们不要疑人偷斧，我杀人做什么？"

"我们并没有说你杀人。"警察直直地盯着我的眼睛说，"你在去年秋天曾到一家心理咨询诊所看过心理医生？"

"不错。"我说，"那一段我总是心灰意冷。"

"为什么呢？"

"这是私人话题。"我嘲讽地说，"看来你们一直在暗中调查我，这太可悲了。你们走错了方向。"我努了一下嘴问："看过《虎口脱险》吗？"

他们惊愕地点点头。

"那里面不是有个'对眼'的射击手吗？这个蠢货充满善良和热情地击落了自己一方的飞机。"

"我们当然知道该怎样办案，只是希望你能积极合作。"

"是吗？"我没有好气地说，"三号门的邻居又不是我一家，你们再到别人家调查调查吧。"

"被害的那个女人家常来客人吗？"

"对不起，我没有窥视别人私生活的习惯。"我终于抑制不住地指着门口说，"对不起，我头疼得厉害，请便吧。"

他们带着那种职业的严肃表情走出房门。他们在昏暗的楼道里身披雨衣的形象使人觉得他们更像罪犯。他们敲响了二号门，我很快听到里面传出应答声。结果他们被盘问后受到了他们第一次欲见我时所吃过的冷遇——被拒之门外。我透过门镜见他们转身要离开时朝我的门看了一眼，那目光是犹豫的。他们大概明白找我为他们当向导敲开二号的家门是徒劳之举，所以也就悻悻离去了。

那一下午我都心情烦躁。很想和谁痛快淋漓地吵一架，然而没有对手。随手拿起一本画册，见到的除了静物就是女人的裸体，这很让人气馁。打开半导体，一家的总经理正在《经济热线》专栏节目坐台，大吹特吹一种被称为"福临"的健脑头罩，说是戴上它能防治偏头疼、动脉硬化、心脏病、高血压、哮喘等疾病，还说它能促进你的智力发育、增强记忆力。这种神奇头罩售价不菲，每个二百八十元。若它的功效真的如此奇妙，那么还要医院和诊所做什么？我索然无味地关掉半导体。

"真没意思。"我自言自语着。

电话铃响了。

"真没意思。"我边接电话边喋喋不休地兀自重复。

"跟谁没意思哪？"听筒里传来了王美佳的声音。

"当然是跟自己了。"我问，"在家干什么呢？"

"刚把晒干的葱拧成捆抱到阳台上，就接到一个电话，说咱们高所长住院了。"

"她又得了什么病？"我问。

"还不是老毛病？更年期综合征。不过这回严重得多。知道什么是诱因吗？"

"反正不会是因为爱情。"我嘟哝道。

"还记得所长坐台那天出的事故吗？"王美佳突然笑哈哈地说，"那人真的自杀去了，只是没有成功。现在正躺在医院的抢救室里，所长一听这情况就昏了过去。你说法院这帮混蛋，早给人家离了哪会出这种事？将来应该派他们轮流给那个女人的丈夫去洗脚和守夜，享受享受臭脚和呼噜的魅力。"

"所长她还能昏过去？"我啧啧惊叹，"这真不容易。"

"咳，咱别说笑话了。看看吧，咱们俩定个时间，什么时候到医院看看她老人家，送点温暖呗。"

"也许没等咱们去，她就出院了。"我说。

"你可真蠢，她能那么快就出来吗？"王美佳颇为精辟地说，"领导住院至少都得一周，让该朝拜的人都朝拜一回，才会打道回府。"

"不过咱单位就那么两个半人，又没油水可捞。"我说，"别把人想得跟你一样。"

"俗？"王美佳说，"咱单位是没几个半人，可咱所长年轻时可比阿庆嫂还厉害，她的朋友之多，你跟她上一趟街就能领教，同她打招呼的人接二连三。"

"好好，别说了。"我打住她的话，"明天上午十点，咱们一起去医院。我在你家楼下等你。"

放下电话我便想那个自杀未遂的女人。其实我更想看的是她而不是高所长。王美佳每次去看我们共同熟识的病人朋友时总要拉上我，这其中的奥秘我当然知晓。因为两个人合买一份看病人的礼品要少一些花费，而在买东西的过程中，她往往大惊失色地叫道"钱包忘在家里了"。虽然她家境并非不殷实，可在钱上却没少计较。她的忘记钱包的伎俩谁都一目了然，她却自以为高明，我也就装作浑然不觉地由她去。因为我觉得她可怜。而我对待金钱的态度永远是：花掉它，你才真正拥有它。

秋风杳然无踪了。初冬前会有几天短暂的风和日丽的日子。天空虽然很晴朗，但是仍能看出那是一种清冷阴郁的灰白色的晴朗。公园绿地上的青草彻底枯萎了，家家户户都在有条不紊地做着越冬的准备。

杀人案仍未水落石出。被拘留的男邻居也没有被放回来。那两位警察不再来找我，这使我心安理得。高所长已经出院，在上班的日子我会看到她寡青的脸，她正奔走于法院为那个自杀未遂的女人做离婚的疏通工作。有一天下班时我在单位门前见到了费佳佳的父亲，他的腋下夹着一个纸包，张口结舌地说他家里又恢复了安宁气氛，妻子对他很体贴，费佳佳又渐渐胖了起来，他将纸包塞到我怀里说是表示感谢。那里面裹着一条米黄色围巾，我知道如果拒绝接受它，那比打他的脸还令他难过。所以也就谢着收下，盼望冬天有雪的天气中能戴上它到街上走走。

有一个星期日我和王再伦到一家咖啡馆闲坐，他看上去有些心事重重。他说那个自称得了艾滋病的人三天两头来诊所，反复地问自己还能活多长时间。王再伦若是告诉他，你大概患了恐惧和怀疑症，应该去看心理医生。他就会自言自语地说，我知道活不长了，早晚会有这么一天，会有的……

"他长得什么样？"我好奇地问。

"瘦削，高挑个，白脸，眼睛看人时有些胆怯，给人一种挺斯文的感觉。"

"你说他怀疑自己手上的伤口感染了艾滋病人的血，而他又说不出来这个艾滋病患者，姓甚名谁，这是怎么回事？"

"大概有两种可能。"王再伦说，"一个是这个病人还活着，他要为这个人守口如瓶；另一个很可能这个病人已经死去。"

"这个病人死去了，他的手却感染了那个人的血？"我推理着，"难道他杀了人？"

"我也这样想过。"王再伦说，"他那眼神直直地看着你时，你会感觉到他是一个能够做出极端事情的男人。"

"什么时候我偷偷见见他。"我说，"女人的直觉比男人的要优秀得多。"

"你想说他与死去的九个女人是否会有联系？"

"可是她们没有一个是艾滋病患者。"我说。

"那我向你提一个问题。"王再伦咄咄逼人地看着我说,"如果你错误地让一个男人登门入室,他要强奸你,你孤立无援,会怎么办?"

"这不可能。"我说,"首先他就过不了第一关,我看见陌生人绝不放他进来。假使放他进来了,他也逃不过第二关,我房间里凶器暗伏,我很可能借口去解手时提着一把剑回来。"

王再伦吃惊地看着我,然后说:"如果他不给你上卫生间的机会呢?他直接把你摁到床上,紧紧地抱住你——"

"我会用一只手来抚摸他的头发假意顺从他,另一只手伸向床与床头柜缝隙之中藏着的铁锤,朝他的后脑勺使劲砸去。"

"天——"王再伦苦笑着说,"我怎么不知道你的这些机关?我没吃上一榔头算是幸运。"

"爱和暴力是两码事嘛。"我低声说,"你怎么会吃榔头?"

"不过,咱们假设你哪天因为醉酒而放他进来了,你房间又没有任何可自卫的武器,他要强奸你时你会怎么办?"

"束手就擒呗。"我说,"反正哀求也没用。"

"如果你说自己是艾滋病患者呢?"王再伦说。

"如果他还想活下去的话,那他就不会强奸我。"我说。

"但他会杀人灭口的。"王再伦说,"因为你已经认出了他,而他不能让你再认出他来。"

"所以第九个女人只是被害却没有遭到强奸?"我胆战心惊地说,"天哪,别这样推理,我怕极了。"

"所以我打算深入接触这个人,不然我会不安的。"王再伦说,

"想想吧，他也许是个作恶多端却逍遥法外的人。"

"那你知道他做什么工作吗？"

"他说自己是图书馆的工作人员。"

"那可能性就不大了。"我说，"在图书馆工作的人向来都是循规蹈矩的。"

"我的看法恰好相反。"王再伦反驳道，"越是那种沉闷、安宁、单调的地方越是能激发人的犯罪欲望。"

"算了，不说它了。"我用勺子轻轻搅动杯子，"咖啡都凉了。"

"再给你叫一杯热奶兑进去。"王再伦伸过手来捏了捏我的尖下巴，温存一笑，"家里设了那么多暗器，活得太紧张了，赶快嫁人算了。"

初冬下第一场小雪的那个下午，我忽然接到了郑艳的电话。她压低声音说："王医生叫你，那个怀疑自己得了艾滋病的人又来了。"

放下电话，披上银灰色的薄呢大衣，又将费佳佳父亲送的那条围巾搭在脖子上，我便飞快地下楼叫出租车去诊所。天色昏暗，雪花轻柔地飞舞，街上的树枝濡了雪绒，成了灿烂的白树。路人行色匆匆，将大衣领子高高竖起。

诊所的牌匾被斜斜地漫上了一层雪，门前的台阶上也布满了雪，我轻轻地走进诊所。郑艳朝我眨眨眼，帮我脱掉大衣挂到衣架上。当我要取下围巾时，她做了个制止的动作，对我耳语道："这条围巾配你的黑色羊毛衫特别典雅，别摘掉。"

热恋中的女人会变得善良和亲切起来，我笑笑，听从了她的建议。她又麻利地给我倒了杯热水，然后穿上大衣准备出去。

"王医生说你来了之后我就可以走了。"郑艳俯身悄声说，"晚饭的菜我还没买，今天下雪，去菜市场肯定费点劲。"

"小心点。"我说，"路上滑。"

郑艳"嘘——"了一声，示意我不要大声说话。

我坐在窗前看飞雪，看在飞雪中行走着的郑艳。她穿件翠绿色的呢子上衣，在人丛中显得湿润而醒目，仿佛一朵春天的绿云。我一直看着她消失在青石街的尽头。

天在向晚时分愈发地昏暗了。白雪在我的视线中也渐渐成了灰雪。王再伦和患者仍未出来，我好奇地离开窗口放轻脚步朝治疗室走去。消毒水的气味强烈起来，窄窄的走廊的墙壁上挂着的两幅画因为天色的缘故而显得模糊不清。我蹑手蹑脚走到治疗室门口，刚要将耳朵贴过去听听他们在讲些什么，不料王再伦的声音传了过来："沈妮，进来。"

我和那男人的目光相遇时我们同时哆嗦了一下。除了没穿中山装之外，他几乎就是培英小学沈史东形象的翻版。他面目清秀、苍白，看上去儒雅斯文。

那人的呼吸变得急促起来，他将目光放到王再伦身上，说："我以为你只是医生，我没有想到你是公安局的密探，你从一开始就盯上了我，是吧？"

王再伦说："沈史卫，你这是怎么了？"

我抢过话茬对那男人说："培英小学的沈史东是你的孪生兄弟吧？"

"沈妮，这是怎么回事？"王再伦有些急了。

"看看，你们早就串通好了，还在我面前演戏。"沈史卫的眼睛迸射出一股令人胆寒的光芒，"我告诉你们，我一人做事一人当，别牵扯我的孪生哥哥沈史东。"

"你杀了人？"我从牙缝里迸出这几个字，然后后退了一步。

"第九个被害的人本来该是你。"沈史卫直直地盯着我说，"我注意到你已经很久了。你独居，喜欢黄昏时散步，每周只上三天班。你还喜欢买烤红薯，你家里几乎没有客人来。"

"难道你没见过我常去她那儿？"王再伦问。

"没有。"沈史卫坦白地说。

"你杀前八个女人时是因为她们美丽。"王再伦指着我说，"要杀她也是同样的理由吗？"

"当然。"沈史卫颇为认真地说，"这个女人的尖下巴很好看。"

王再伦吃惊不已地看着我。

"你为什么要杀美丽的女人呢？"我有些气短地问。

"因为美丽的女人不属于我。我得把她们破坏了，消灭了，她们才会属于我。"

"所以你强奸完漂亮的女人，就把她们杀害了？"王再伦指着我说，"可是你怎么对她手软了？"

"我那天本来是要敲她的门的。都快夜半了，她的房间还有音乐声，我正要敲她的门时，突然发现门口放着一枝红玫瑰和一张卡。"

"那卡片上写着'祝你和你亲密的朋友生日快乐！'"王再伦接过话说，"那是我送的花和贺卡。"

"我一看卡片，知道那天是她的生日。还知道屋里有一个她亲密的朋友陪伴她。我想一定是个男人在陪她。我自认倒霉，就没敲她的门。可是我是不能白白走掉的，我心中有火气，我想得另找别处发泄，就顺手敲了一下三号门，不料很快有一个女人来开门，她都没问是谁就开了门，然后头也不回地边朝卧室走边说：'你还有这个家啊，他妈的天天半夜三更才回来！'她一定是把我当成她丈夫了，正准备和我大吵一通。"

"待她发现你不是她丈夫时一切已经晚了。"我说。

"那女人直直地盯着我，她只穿着胸罩，皮肤白极了，虽然脸并不漂亮，可是她那皮肤真的好极了。可是我要强奸她时她突然说：'你不强奸我，我也想和你做这事，因为我和丈夫感情不和。可是你这么年轻，我不能害你，我得了艾滋病，是一个外国人传染给我的，我陪那人在旅馆里住了一夜。'"

"你信了她的话？"王再伦说。

沈史卫点点头，说："她说完后流泪了，并且说她喜欢我这种相貌的男人，她很想亲吻我，可怕把病传染给我，我便明白她的确得了艾滋病。可是我不能就这么一走了之，她认得我，我必须干掉她。所以我犹豫了一下还是把她杀掉了。杀她时不小心弄破了手指，我的手沾上了她的血，我才知道自己要完蛋了。"

"那么你把我送的卡和玫瑰花弄到哪里去了？"

"我杀完人后就顺手拿起它们，下楼时扔到垃圾桶里了。"

"不过你错误地理解卡片上的内容了。"王再伦说，"那个'亲密的朋友'是我和沈妮之间的暗语，并不是指人。"

"是酒。"我告诉他。

沈史卫垂头丧气地耷拉下脑袋，"我试图自杀，可是我没有这个勇气。你们抓我回去让我吃颗枪子吧。"

"你怀疑自己得了艾滋病，不敢去大医院看，所以来到了私人诊所。"王再伦说，"其实你还想活下去。"

"可我知道活不长了。"他带着一种凄凉语调重复着，"活不长了。"

"沈妮，去给公安局的人打个电话吧。"王再伦说。

我踌躇未动，担心着王再伦的安全。

"你放心，我不会杀男人。"沈史卫突然冲我笑了，"让他们派辆好车来。"

那张深藏在我手提袋中的名片终于派上了用场。我拨通了警察的电话。自报家门后，警察兴奋地说："你一定是回忆起什么事情了。"

"我用不着回忆了。"我冷冷地说，"凶手现在正在一家私人诊所，你们来抓他吧。现在他俯首帖耳，所以你用不着带武器。"

我将诊所的地址告诉给他。

然而他们还是兴师动众地来了两辆警车。下车的警察也都全副武装。他们大概没有见过如此斯文和听话的杀人犯，所以脸上浮现出一股英雄无用武之地的愠怒。当他伸出一双手来自觉地迎接手铐时，拿着闪亮手铐的警察甚至瞪了他一眼。

警车在飞雪中离开了诊所。

天已经暗了，王再伦锁上诊所的门，我们一起沿着白雪覆盖的大街去一家餐馆吃饭。一路上我们挽着胳膊，但是没有说一句话。雪花无声地落在我的眼睑和鼻翼两侧，让人觉出一种温柔的心疼。我想起如果没有王再伦的那枝花和生日卡，也许我已经成了第九个死去的女人，我便抑制不住地站住踮起脚来吻王再伦湿润的唇，我想把心底的热气和渴望传达给他，让他明白这个生气勃勃的女人是不可替代的。王再伦拥住我，深深地热烈地回应着。我们就在飞雪萦绕的大街上如醉如痴地拥吻着，来来往往的行人一定用打量雕塑的眼光来看待我们。然而没有人来打扰我们，人在暮色的飞雪中都变得格外善解人意了。

初雪后的早晨，三号门的男邻居被放回来了。他看上去胡子拉碴，人也瘦了许多。眼神格外阴郁。既然他已不是罪犯，所以当他敲我的门时，我毫不犹豫地打开门。

我让他进屋，递上去一杯茶。他接过喝了一口，说："下雪了，冬天说来就来了。"

"就是。"我说，"天会越来越冷。"

"我们家出了这种事，给邻居添了麻烦了，真对不起。"他放下茶杯连连垂头致歉。

"没什么。"我说，"最受罪的还应是你。"

"还好还好。"他苦笑道，"就是不停地被审讯，弄得我有些神思恍惚，记忆力混乱了，我开始怀疑是否真的是我亲手杀死了妻子。"

"幸亏罪犯这么快就落网了。"我颇为同情地说。

"就是。"他附和道。

"我冒昧地提一个问题，你妻子被害的那个时辰，你离开朋友后究竟去了哪里？"

"对你我不想隐瞒了，可是我是不能跟公安局的人说的，否则我会毁了一个人。"他顿了顿，说，"我和妻子感情一直不和，动了好几次离婚的念头了，可是每次到了法院门口她就变卦。她这个人其实还比较善良，就是虚荣心太强。我收入不丰厚，又没权没势，她整天在我耳边敲打我，说我是个窝囊废，我想没几个男人能受得了这个的。在这种时候，我就特别想念过去的女朋友，她现在已结了婚，丈夫在外事部门工作，对她很好。按理说我们相互间有家有业了，只能做一般交往，可是你是知道的，有的时候……是忍不住的……"他看上去有些激动了，"前年秋天她丈夫去非洲的一个小国工作，任期有三年呢，我和她就开始了密切交往。我常常半夜回来，我没有带钥匙的习惯，每次一敲门她就嘟囔着出来开门，然后头也不回地回卧室。所以那天半夜凶手一敲门，她就把门打开了，她以为是我回来了。我那天打麻将时心烦意乱，后来就在午夜时去找女朋友，从她那儿回来后还是心神不定，我就回家来了。结果我发现门半开着，她已经死了……"他用手捧住脸，"我对不起她，是我害死了她……"

"所以你没有说你午夜离开的那段时间去了哪里？"我说，"怕给你的女朋友带来麻烦？"

他点点头。

"如果凶手不这么快被抓获，你解除不了杀人的嫌疑，你也不会说出实情为自己开脱吗？"

他再次点点头，说："我不能同时害了两个女人。"

"以后不会再有人与你争吵了。"

"是的。"他忽然带着哭腔说，"可是我是多么想念那种争吵啊。"

"我也想念你们的争吵声。"我说。

他大概要管不住自己的泪水了，所以湿着眼睛飞快地起身与我告辞。

天的确说冷就冷了。黄昏街头的行人看上去比秋日少了许多。晚报用整版的篇幅报道杀人凶手如何落网，说两位警察深入调查研究，发动群众，结果使罪犯最终成为瓮中之鳖。我这个饱受他们盘问和怀疑的人竟然成了积极协助警察办案的群众，这使我直想骂娘。比我更为心情不好的大概是沈史东了，他打来电话说因为他的孪生弟弟是个穷凶极恶的强奸杀人犯，家长们纷纷向校方提出抗议，建议开除他，理由是心理学家认为孪生兄弟在行为上有一致和相似的地方。校方温文尔雅地找沈史东谈话，委婉地建议他另外找个学校高就，而他班里的女同学几乎都不来听他的课了，包括费佳佳，也被他父亲从课堂上把她带走。沈史东诉完苦衷后对我发出邀请，希望周末晚上能和我在一起聊天，地点选在亮币餐厅旁边的护城河，我毫不犹豫地就答应了他。

周末的黄昏我终于把九朵蝴蝶花安置在画框里。那是一个巨大的黑框。那九朵极端美丽的花像九朵幽魂在画框中柔曼地飘浮。我一朵一朵地打量着它们，祭奠着它们。我轻轻地对着它们说："你们将永不凋零。"冬日清冷的斜阳浸润在每一片花瓣上，使每一朵花都仿佛受了雾气的熏染，湿漉漉的。我甚至闻到了它们体内散发出的热烈的芬芳。

将画挂在墙壁上后我又注视了许久，这才恋恋不舍地穿上大衣下楼赴沈史东的约会。一路上想他与杀人犯如出一辙的面孔，不觉有些情绪低落。我便努力去设想他那曾带给我好感的中山装，然而这件衣服竟像秋叶一般脆弱，在我的记忆中飘忽不定。出现在我眼前的，不是沈史东的形象，而频频是沈史卫坐在诊所时向我展示的那张阴郁的脸。天很冷，我想着将要和沈史东坐在冰冷的护城河边，看着一张犯罪的脸的重现，恐惧感便油然而生。也许学生们的家长是正确的，孪生兄弟在一些行为上是有相似之处的。他为什么不在白天约我，而偏偏要在黄昏时分？他为什么不选择人员稠密的咖啡厅而要去这种时节已没有行人的护城河？他是否也参与了犯罪？也许他也强奸并杀害了几个女人，而罪责却由他的孪生弟弟一人承担？

我不敢继续向前走了。我战战兢兢地靠近一家电话亭，拨通了王再伦的电话。

"你怎么还没去赴沈史东的约会？"王再伦问。

"我正在路上。"我突然颤着声说，"我不知怎的害怕起来了，我不敢去了。"

"沈妮，你怎么也这样想问题？"

"我害怕，真的害怕极了。我可不想成为画框中的蝴蝶花。我只想成为你的一朵蝴蝶花，只开给你的花，我……"

"沈妮——"王再伦突然温柔地压低声音说，"这个时候向你求婚不算乘人之危吧？"

"不算。"我说，"我愿意。"

"不过得有一个前提，你得去赴沈史东的约会。别害怕，你是一个好姑娘。"

"可是我害怕。"我站在陌生人往来游荡的冷风呼啸的街头，痛哭失声道，"我真的害怕呀——"

图书在版编目（CIP）数据

踏着月光的行板 / 迟子建著 . —北京：作家出版社，2021.9 （2022.7 重
（迟子建作品）

ISBN 978-7-5212-1170-2

Ⅰ.①踏… Ⅱ.①迟… Ⅲ.①中篇小说—小说集—中国—当
代 Ⅳ.① I247.5

中国版本图书馆 CIP 数据核字（2020）第 216689 号

踏着月光的行板

作　　者：迟子建
策　　划：省登宇
责任编辑：周李立
装帧设计：好言好羽
出版发行：作家出版社有限公司
社　　址：北京农展馆南里 10 号　　　邮　　编：100125
电话传真：86-10-65067186（发行中心及邮购部）
　　　　　86-10-65004079（总编室）
E-mail:zuojia @ zuojia.net.cn
http://www.zuojiachubanshe.com
印　　刷：河北京平诚乾印刷有限公司
成品尺寸：145×210
字　　数：200 千
印　　张：7
印　　数：20001-30000
版　　次：2021 年 9 月第 1 版
印　　次：2022 年 7 月第 3 次印刷
ISBN 978-7-5212-1170-2
定　　价：49.80 元（精）